W0264780

PUBLIÉ AVEC LE CONCOURS
DU CENTRE NATIONAL DES LETTRES

Jean Kaempfer

Robert Pinget, la description dans quelques états

Voici un bon quart de siècle, les Beatles nous faisaient savoir que Michelle et ma belle sont deux mots qui vont très bien ensemble, très bien ensemble ; placées sous la double égide d'un nom et d'un mot, les pages qui suivent n'en voudraient pas faire moins : elles convoquent simultanément un auteur et une forme, et misent sur une rencontre heureuse entre l'un et l'autre. Quelques présomptions autorisent cet espoir : ainsi, le Nouveau Roman (auquel Pinget fut agrégé) usa de la description immodérément, en preuve polémique de sa nouveauté. Aborder Pinget par le biais de ses pratiques descriptives, c'est donc se donner la chance de saisir son travail d'écriture en un lieu de particulière effervescence. Et Pinget, à l'inverse, en exténuant les possibles structuraux et fonctionnels de la forme descriptive, met celle-ci dans un état de tension extrême, où ses divers enjeux apparaîtront d'autant mieux.

Je procéderai typologiquement et distinguerai, dans l'œuvre de Pinget, trois états de la description. (Trois états... ou trois étapes : la perspective systématique, dans le cas présent, s'accorde en effet aux allures de la chronologie [1].) A un état heureux, celui de la description assumée ou *avouée*, je ferai succéder un état malheureux, celui de la description mise à mal ou *avariée* ; puis un état rédimé, celui de la description *avertie*.

Mais entrons en matière, et par la grande porte, tant qu'à faire. Il se trouve en effet qu'il y en a une, « aux dimensions provocantes », à la fin de *Graal Flibuste* :

> Nous cheminions toujours à travers le val lorsque soudain, à un tournant de la route, il s'ouvrit sur la plaine. Ce n'était point les vastes marais que nous admirions tout à l'heure, mais une étendue de blés mûrs au milieu desquels, insolite et somptueuse, s'élevait une porte qui touchait au ciel. Le spectacle nous trouva bouche bée, Clotho arrêté net et hennissant d'effroi. Une porte en forme d'arc de triomphe, si grande que le paysage alentour en était écrasé.

> « Qu'est-ce à dire? demandai-je à Brindon. Avez-vous ouï parler de ceci?
> – Non, vraiment. Mais peut-être sommes-nous le jouet d'une illusion? un mirage?
> – Voyons de plus près. »
> [...]
> Nous avancions toujours. Comme par l'effet d'une hallucination, la colossale architecture semblait venir heurter nos paupières ; le détail de ses fresques et de ses émaux, de ses bas-reliefs et de ses rondes-bosses nous apparaissait comme le fruit d'un art totalement ignoré ; trois corniches plus éblouissantes que l'or couronnaient le chef-d'œuvre.
> Durant les deux heures que nous mîmes à nous en approcher, nous n'avions d'yeux que pour ces merveilles [2].

Les descriptions introduisent un trouble dans la linéarité narrative. A preuve, les lecteurs pressés de connaître la suite de l'histoire les repèrent infailliblement (... et les sautent). Aussi les auteurs soucieux d'être lus intégralement prennent-ils la peine de mettre en place, avant la description proprement dite, tout un *système configuratif* [3] destiné à conjurer l'enrayage de la machine narrative, qui marque la description comme une fatalité. Ainsi, pour échapper au risque d'une dérive qui rendrait la tâche descriptive virtuellement infinie, ils détacheront l'objet à décrire de ses entours en l'enfermant dans son nom. Nommer l'objet, avant de le décrire, c'est le couper de son contexte, le mettre en quarantaine, mais c'est aussi créer un horizon d'attente prévisible, annoncer le déploiement d'une nomenclature finie et maîtrisable.

Mais l'activité configurante ne se résume pas à l'inscription, éventuellement réitérée ou variée (dans notre exemple : *une porte* – deux fois –, *la colossale architecture, le chef-d'œuvre*), du thème-titre [4] de la description à venir. Un écrivain soucieux d'atténuer les effets de l'enlisement descriptif s'emploiera de plus à restituer à la description quelque chose du dynamisme propre à l'action qu'il est dans son destin d'interrompre. Par exemple, en déléguant aux personnages eux-mêmes le soin d'offrir, de l'intérieur de la fiction, un support anecdotique au déploiement descriptif [5]. C'est ainsi que procède Pinget, lorsqu'il situe l'origine du point de vue sur la porte à décrire dans le regard tout à la fois incrédule et émerveillé de ses personnages. C'est dire que, ce faisant, il fait plus encore : Brindon et son maître ne fournissent pas seulement une source sensorielle ou perceptive permettant de naturaliser la description en fiction, ils constituent de plus un support vraisemblable d'émotions et de jugements qui concourent à présenter la description à venir comme éminemment désirable. La porte qu'ils découvrent peu à peu représente ainsi un double défi : perceptif (parce que son immensité « insolite » déroute les sens, fait croire à une « illusion », à un « mirage »), et esthétique (parce que sa splendeur « somptueuse » témoigne d'un « art ignoré » et merveilleux)... double défi dont le lecteur se réjouit pour sa part de voir comment il sera relevé par le descripteur ! « Avez-vous ouï parler de ceci ? – Non, vraiment. » Ainsi dialoguaient, ébahis, Brindon et son maître. Mieux loti que les personnages de *Graal Flibuste*, le lecteur de Pinget peut, lui, espérer à bon droit cette chose impossible : entendre l'inouï.

A la délimitation du champ descriptif par l'imposition d'un thème-titre, à sa naturalisation grâce au relais offert par les personnages, s'ajoute maintenant une véritable *érotique* propitiatoire, destinée à éveiller chez le lecteur un sentiment de manque, que le morceau descriptif – désormais désirable – viendra opportunément combler. Or, que fait Pinget, après avoir préparé avec tant de soin le cadre au sein duquel décrire la porte? Deux choses très différentes, quoique également surprenantes. En 1956, lors de la première édition du roman, il ne la décrit pas, réservant les merveilles qui la couvrent au seul regard de ses personnages. Conclusion suspendue, et surtout frustrante : un désir de description y a été suscité, qui n'est pas honoré [6]. Moins « sadique », l'édition augmentée de 1966 finira par répondre à l'attente provoquée dix ans plus tôt : elle se voit pourvue d'un chapitre supplémentaire (« Détail de la porte »), où le monument est longuement décrit. Mais c'est au prix d'une nouvelle bizarrerie : Pinget en effet ne donne-t-il pas congé à ses héros au moment où ils pouvaient justement lui être utiles? Un romancier un peu économe de ses moyens se fût appuyé sur le regard et les émotions de ses personnages pour conduire le déploiement descriptif : or, ni Brindon ni son maître ne reparaissent dans le nouveau chapitre clausulaire. La description de la porte se constitue en *morceau détaché*... détaché, en particulier, de l'encadrement narratif mis en place dans le chapitre pénultième [7] pour pré-disposer le texte à l'accueillir.

Serait-ce que Pinget a mis en place tout ce système configuratif gratuitement, pour le seul plaisir de son exhibition? Et en sera-t-il de même pour la description de la porte proprement dite? C'est ce que je veux examiner maintenant, en m'appuyant d'abord sur les premières lignes de celle-ci :

> A commencer par le haut, sous les corniches étincelantes sont gravées profondément dans le marbre des salamandres noires; elles ont dix mètres de hauteur et semblent crucifiées sur la frise. Alternent avec elles les tritons peints de jaune et de vermillon, vrais dragons de feu, qui enlacent de leurs membres souples les pastilles lilas semées sur le fond des intervalles. Chacune de ces pastilles est un paysage tendre ou un visage mélancolique [...]. La régularité avec laquelle se succèdent les grandes figures fait de l'ensemble un friselis de vagues qui surplombe de mille mètres la plaine [8].

Les premiers mots annoncent un ordre de déploiement analytique des parties (de haut en bas) et amorcent la déclinaison d'une série architecturale raisonnée (sous les corniches, la frise) dont ce paragraphe réalise le premier terme (la frise) en énumérant les parties (salamandres, tritons, pastilles) qui la constituent, puis leurs qualités matérielles (grandeur, couleur) et morales (« paysage tendre », « visage mélancolique »). Parallèlement, des reformulations métaphoriques (salamandres crucifiées, tritons qui sont de vrais dragons) sont proposées, dont la dernière – le friselis de vagues – permet de clore synthétiquement le paragraphe et de bloquer ainsi l'inventaire des parties et des prédicats par la figuration, en termes de phénomène naturel, de leur effet d'ensemble.

Ces vertus clausulaires et résumantes de la métaphore, la porte elle-même qui est décrite par son moyen les possède à un degré éminent : « dans le plus savant désordre », elle compose en effet une « image de l'univers ». Rien de ce qui se passe dans le monde n'échappant « à la gouge des sculpteurs de la porte », celle-ci constitue un calque exact de l'univers. La porte, ainsi, *donne lieu* au monde, monumentalement, et finit même par en *tenir lieu*, esthétiquement, l'artifice suppléant ici, avec avantage, « toutes les séductions du réel ». Une reformulation [9] proposée pour l'un des nombreux détails de la porte pourrait ainsi convenir à la porte tout entière. La voici :

> On dirait de danseuses mortes dans l'impossible attitude qu'une seconde d'ivresse leur a conférée, tendues par l'effort d'échapper aux lois élémentaires du mouvement, sacrifiées, martyrisées, et finalement exaucées dans le vœu dément-tiel d'inventer pour la gloire de personne une façon neuve de servir la beauté [10].

Cette façon neuve est en fait une très ancienne façon. Les quelques lignes que je viens de citer me paraissent en effet pouvoir être lues comme une description figurée, mais exacte, des caractéristiques essentielles du vieux *genre épidictique* [11], lequel se définissait tout d'abord par son objet (la chose belle, *res honesta* – les danseuses de notre passage), mais aussi par l'attitude adoptée à son égard (la louange – ici, « servir la beauté »), par l'état d'esprit attendu de l'auditeur (la disponibilité contemplative – « pour la gloire de personne ») et, enfin, par la mise en œuvre de moyens rhétoriques spécifiques (l'amplification et le discours orné – dont la phrase que je cite, syntaxiquement complexe et riche en prédicats, est un bon exemple).

Le genre épidictique (*epideiktikos* veut dire : fait pour la montre, exhibitionniste), donnant à voir un bel objet dans un langage orné, donne à voir l'un et l'autre également. A la limite, peu importe l'objet, pouvu qu'on ait le langage : radicalisant ce tropisme autotélique qui est propre à l'*ekphrasis*, Pinget propose certes une admirable description, mais de porte, point ! Voici en effet une dernière bizarrerie : impossible de construire l'équivalent référentiel du superbe monument qui clôt *Graal Flibuste* ; littéralement, il ne tient pas debout, n'a d'existence que littéraire. Cette porte ressortit génériquement au merveilleux, comme tout le roman d'ailleurs auquel elle pourrait servir ainsi d'emblème.

Graal Flibuste s'offre au lecteur comme un arrêt nostalgique dans le monde de la fiction heureuse (sans garantie référentielle), avant que ne s'ouvre dans l'œuvre de Pinget, avec *Le Fiston*, un nouveau cycle – que, par contraste et commodité, on pourrait nommer « réaliste », parce qu'y apparaissent une géographie et une population vraisemblables, mais aussi parce que le point de vue sur ces lieux et ces gens y est désabusé, sans complaisance.

Tout oppose *Graal Flibuste* et *Le Fiston* : entre l'exploration de contrées délicieusement imaginaires par deux voyageurs bavards et le ressassement par un épistolier las de quelques événements triviaux survenus un jour d'enterrement dans la ville d'Agapa, rien de commun, sinon que l'un et l'autre de ces romans se concluent par une description. Mais lorsque toute une érotique du cadre, dans *Graal Flibuste*, créait un manque exprès, pour faire désirer son comblement, les pages précédant les descriptions conclusives du *Fiston* ne laissent, quant à elles, rien à désirer. Elles viennent s'ajouter à un texte qui s'était d'ores et déjà signifié comme achevé, par une reprise résumante de ses principaux moments et par ce commentaire explicitement clausulaire : « Le succès a dépassé mes espérances, il semble que le cycle soit accompli, la révolution n'a pas été sanglante [12]. » L'ajout, après cette clôture, de quatre pages encore est dès lors impertinent et indésirable, d'autant plus que rien, dans leur détail, ne nous les impose. La description de la porte, à la fin de *Graal Flibuste*, en ouvrant sur un sens symbolique, assumait une quête poursuivie tout au long du livre. A l'inverse, les trois descriptions qui figurent à la fin du *Fiston* n'achèvent rien. Introduites de manière répétitive par « Il reste » (la poste, le jardin public, la ville), elles se décrivent elles-mêmes comme contingentes (il reste tant de choses...) et arbitraires (pourquoi, des choses qui restent, décrire celles-ci ?). La description clausulaire, ici, loin de se concentrer sur un monument synthétique, s'égare au fil de quelques objets banals qui sont évoqués, par ailleurs, de plus en plus lacunairement.

Mais prenons un exemple : celui de la description, médiane, du jardin public. Le descripteur, en inventoriant les éléments qui le composent, privilégie leurs seules qualités géométriques et mesurables : délimité circulairement par une grille d'un mètre et demi, ce jardin est pourvu de six allées de cent cinquante mètres, scandées tous les cinq mètres par un palmier nain, qui aboutissent à un jet d'eau central entouré de six plates-bandes et d'autant de bancs publics. Cette description presque exclusivement quantitative ne prétend pas à la littérature : les moyens linguistiques minimaux qu'elle met en œuvre sont tous aimantés par le souci de transcrire, de ce jardin, sa seule réalité schématique, telle qu'un plan, idéalement, en rendrait compte. Souci que l'emploi insistant d'indicateurs topographiques met en évidence jusqu'à la caricature :

> La partie du jardin comprise entre l'allée sud et l'allée nord-est est plantée de marronniers qui forment un bosquet traversé par l'allée sud-est, plus exactement les quartiers compris entre l'allée sud et l'allée sud-est, l'allée sud-est et l'allée est. L'allée est et l'allée nord-est au lieu d'être semées de gazon disons d'herbe rase comme les autres sont plantées de marronniers [13].

Notons pour commencer l'idéal maniaque d'exactitude qui obnubile cette description : ainsi, par exemple, la correction qui précise l'implantation des marronniers n'ajoute aucune information ; elle explicite une conséquence évidente, donc inutile à signaler, de ce qui est dit précédemment. Ajoutons ensuite que seul le minimum indispensable des possibles structuraux du descriptif est actualisé ici : pas de mise en situation naturalisante, ni de reformulation métaphorique. Pas d'exhaustivité, non plus : le passage que je cite, à cause de sa précision topographique affichée, appelle un traitement analogue pour les autres quartiers du jardin, qui manque définitivement. Cette description, qui est donc partielle, est de plus fautive, malgré ses prétentions à la précision objective : en effet, deux représentations schématiques la soutiennent, qui sont incompatibles. Le début de la description propose avec insistance un jardin à six allées, alors que le fragment que nous venons de lire réclame un jardin à huit allées, implicitement (car la description est incomplète), mais impérativement (car elle est exacte).

Qu'il exalte le monde dans sa monumentalisation épidictique (comme à la fin de *Graal Flibuste*), ou qu'il l'appauvrisse (comme ici) dans sa représentation schématique, chaque fois Pinget rappelle, en interdisant la construction référentielle de l'objet [14] que la description constitue un portrait implicite de son descripteur tout autant, et sans doute plus, qu'une restitution fidèle de ce qui est décrit. Ainsi, l'ultime paragraphe du *Fiston*, en principe consacré à la ville (« Il reste la ville proprement dite »), fait apparaître, sur le fond d'une description ruinée et fragmentaire, le fantôme d'un descripteur démissionnaire, inconfortablement installé entre la nausée du déjà-dit et le deuil de ce qui reste à dire.

Dans l'œuvre de Pinget, les moments descriptifs sont doublés, assez souvent, d'un commentaire plus ou moins ample où l'activité du descripteur se trouve elle-même décrite. Cette évaluation portera parfois sur des questions techniques ou fonctionnelles, mais elle se situera plus souvent dans une perspective éthique. Quelles fins poursuit-on, en adoptant, face au monde, l'attitude descriptive? Voici par exemple le narrateur de *Quelqu'un*. Revenu des vertus psychagogiques de la description (« Les objets ne servent à rien quand on vise à l'âme »), il se résout à en faire un usage purement hygiénique : « De temps en temps un objet oui d'accord, mais seulement pour le plaisir. Disons la détente, la récréation [15]. » Ainsi s'offre-t-il, pour se reprendre en main après un moment de fatigue, la description d'une allégorie :

> C'est un bronze qui représente une femme qui laisse traîner son écharpe. A moitié emberlificotés dans l'écharpe, il y a deux nains ou deux enfants qui taquinent un sanglier. Le sanglier roupille apparemment. Il a les pattes de devant sur les pieds d'un jeune homme qui se penche vers la gauche comme s'il voulait éviter de toucher la dame. C'est d'une laideur, mais Gaston veut le garder [16].

Un lexique familier, qui travestit burlesquement le sérieux de l'intention allégorique ; une syntaxe maladroite, qui abuse de la proposition relative ; une indifférence totale à la variété stylistique (mêmes mots repris à bref intervalle, recours répété aux verbes être et avoir) : tout concourt ici à dégrader non seulement l'objet décrit, mais encore la description elle-même qui en constitue le support. Dès lors, « est-ce qu'il faut dire les autres choses? », se demande notre descripteur; et se répond, du tac au tac : « Pour dégoûter de l'objet, oui [17]. »

Chez Pinget, la pratique de la description incomplète, pauvre ou dégradante – de la description avariée, en un mot – est ainsi nouée à une intention subjective (un descripteur, grâce à elle, se soigne ou se distrait) et à une intention objective (la description nous débarrasse de l'objet en nous en dégoûtant). La description avariée explicite esthétiquement une intention éthique : elle incarne un objet laid dans une forme laide, à l'envers exact de la prescription épidictique, qui réclamait, on s'en souvient, une belle forme pour louer un bel objet. Le recours à l'ancienne rhétorique pour situer les enjeux de la description chez Pinget se justifie dès lors de nouvelle façon : l'une et l'autre se rejoignent en effet dans un égal refus de désolidariser éthique et esthétique. Pinget, décrivant la grande porte symbolique, puis décrivant le petit bronze allégorique, veut incontestablement faire aimer l'une et haïr l'autre. De même, le genre épidictique admet, en contraste de sa forme instituée – la louange de ce qui est beau *(honestum)* –, une actualisation inverse : la vitupération de ce qui est laid *(turpe)*. Pour cette dernière, la rhétorique ne prévoit pas d'autres moyens que ceux qui servent à la louange. Simplement, le descripteur, au lieu de déployer euphoriquement les parties d'une belle chose, sera invité à détailler les aspects variés d'une chose laide, ainsi que les motifs qui doivent la rendre exécrable. Il peut aussi, jouant du paradoxe, proposer une louange de ce qui est laid [18]. Toutefois, la rhétorique antique ne prévoit pas (parce qu'il lui est impossible de l'imaginer) un descripteur qui joindrait la parole au geste et qui réaliserait la vitupération de ce qui est haïssable dans une langue elle-même enlaidie. Ce que fait Pinget, nous l'avons vu.

A quelles fins, cette radicalisation stylistique de la vénérable vitupération? Pour répondre, peut-être faut-il faire un peu d'histoire littéraire et se rappeler le climat polémique que fit naître, à la fin des années 50, la publication des premiers « nouveaux romans ». On les accusait d'être déshumanisés, « chosistes », et on en voulait surtout à leurs descriptions. Du grief, Robbe-Grillet [19] fit un étendard, et donna à reconnaître la spécificité du Nouveau Roman dans son refus de la description expressive. Qu'est-ce à dire? Pour Lamartine, un paysage est un état d'âme (et vice versa); pour Balzac, un meuble signifie son propriétaire, il est psychologiquement hanté. Il faut donc, dit Robbe-Grillet, débarrasser les objets du fatras métaphysique qui les encombre, les redonner à voir dans leur positivité mate et insignifiante.

Que Pinget partage ce diagnostic, c'est peu dire, lui qui a soumis la description lamartinienne à un traitement si rude qu'on ne voit guère comment celle-ci pourrait s'en relever un jour. L'occasion lui en est fournie par l'« audition des petits élèves de mademoiselle Lozière qui donne des cours de diction [20] ». Exécutantes empotées, régie approximative et notes fausses : voilà le cadre dressé où déployer ironiquement les intentions artistiques de la maîtresse de diction. Fanatique du pléonasme, celle-ci fait converger l'action (une petite grosse, sur scène, qui s'essaie à des mouvements languides), la récitation et la musique (un poème de Lamartine lu en coulisse « sur une mélodie de Chopin ») vers la suggestion vague d' « une chose assez mélancolique ». La nausée pourtant, plus encore que de l'épaisseur pléonastique, vient de la traductibilité sans reste des univers ainsi mis en présence. La « petite Mireille » referme-t-elle son livre? c'est « pour faire comprendre que la solitude nous fait rêver ». Tire-t-elle le petit rideau d'une fausse fenêtre aménagée sur la scène? « ça {veut} dire que la solitude se referme sur elle-même ». Quant à Solange et Francine, elles se montrent « sur le piano un buste de Lamartine comme pour dire voilà le génie qui nous inspire, voilà l'amant idéal ». De cette circularité poisseuse entre le monde, sa représentation et son interprétation, un domestique, dans *L'Apocryphe*, dit nettement ce qu'il convient de penser :

> Qu'est-ce donc que Monsieur attend des choses, le miracle, s'il n'y met du sien elles n'ont rien à lui dire, rien à promettre, poser des questions à la nature est bon pour des sauvages, Monsieur m'excusera, que voulez-vous qu'elle réponde sinon votre réponse [21]?

Mais si Pinget porte sur la description expressive un diagnostic comparable à celui de Robbe-Grillet, il diffère de lui quant à la cure à laquelle il convient de la soumettre. Robbe-Grillet pense pouvoir rétablir une espèce de virginité littéraire du monde en accueillant celui-ci dans des descriptions dont la subjectivité du descripteur aurait réussi à s'absenter complètement. Pinget n'est pas si optimiste : la figuration, implicite, et le plus souvent explicite, d'un descripteur dans (ou à côté de) chacune de ses descriptions rappelle constamment, dans son œuvre, la vieille leçon rhétorique : pas d'*epideixis*, d'exhibition de l'objet, sans exhibition conjointe de l'attitude esthétique et morale adoptée à son égard (fût-ce celle de l'indifférence). Ainsi la description exemplairement ratée du jardin public, dont nous nous occupions tout à l'heure, peut-elle passer pour une mise à nu polémique des présupposés positivistes à l'œuvre dans l'idéal descriptif robbe-grilletien : « Difficile d'être exact », conclut le narrateur du *Fiston*, comme pour s'excuser d'avoir été insuffisant; puis il ajoute : « Il faudrait tout redire mais à quoi bon. » C'est suggérer avec humour l'aporie épistémologique où mène le projet « chosiste » (la description *more geometrico*, étant infinie en droit, est inachevable en fait); et c'est dire surtout l'inintérêt considérable d'un tel projet.

En effet, s'il importe à Robbe-Grillet de débarrasser les objets de leurs *impedimenta* métaphysiques, pour Pinget, il s'agit plus radicalement de se débarrasser des objets tout court. Et ceci (à l'inverse, encore une fois, de Robbe-Grillet) non pas tant parce qu'ils sont trop encombrés que parce qu'ils sont devenus, si je puis dire, inencombrables. En d'autres termes, si tant de descriptions, chez Pinget, sont avariées, et sont flanquées de descripteurs désabusés, c'est en somme... par dépit amoureux. La description avariée constitue la vengeance d'un déçu : ainsi, lorsque le narrateur de *Quelqu'un* se résout à faire un usage purement hygiénique de la description, ce n'est pas faute d'avoir voulu en faire un usage métaphysique, pour reprendre le terme de Robbe-Grillet :

> Mais je ne veux plus me livrer à des inventaires. Je l'ai fait autrefois avec une conscience, une patience! Dans mes autres exposés, pour m'aider à me concentrer, en espérant que [...] ça m'ouvrirait des voies vers l'essentiel. [...] On se prend au jeu, on fignole la description, on se délecte mais total on est Gros-Jean comme devant. On n'a pas avancé d'un pas dans la connaissance. On ne sait pas mieux pourquoi on fait ce qu'on fait ni où on va. Or je considère que c'est l'essentiel [22].

Ce *credo* du narrateur de *Quelqu'un* me paraît pouvoir être étendu à l'œuvre de Pinget tout entière. Avec Aristote et Quintilien, Pinget ne conçoit pas de pratique descriptive sans implication morale, sans signification humaine. Mais, avec Robbe-Grillet, il pense que la description expressive est une escroquerie. Dès lors, comment être un descripteur tout à la fois impliqué et non dupe? Comment reconquérir, pour la description, les vertus expressives qui lui sont essentielles, sans renoncer à la lucidité critique qui dénonce dans cette reconquête une entreprise sans espoir? Y a-t-il des descriptions averties?

La réponse, on s'en doute, n'est pas simple. Je la chercherai du côté d'une nouvelle « manière » descriptive, qui apparaît dans l'œuvre de Pinget avec *L'Apocryphe* et se retrouve dans une série, inaugurée en 1982, de textes brefs qui ont pour héros (et narrateur) le personnage récurrent de M. Songe. *L'Apocryphe* est scandé ainsi par le retour régulier d'une série descriptive qui évoque lyriquement la marche des saisons. Quelques exemples :

> Beauté du printemps dans nos forêts de hêtres. Mousseline légère des feuilles, odeurs fraîches, chant du merle. – Premières asperges, carottes nouvelles, fraises du Midi, poissons de l'océan, tout abonde et sollicite la clientèle. Couleurs claires, taches de soleil sur les maisons, bleuté des toits d'ardoise. – Il faisait un temps d'une douceur, les premiers beaux jours. Le déclin du soleil donnait à la verdure une teinte inoubliable [23].

Le système configuratif dont la description avariée faisait encore un usage partiel a presque complètement disparu ici; de même, les liens syntaxiques se sont défaits; la description tend vers une pure énumération de substantifs, se rétracte dans sa forme minimale : la liste. Cet amaigrissement radical de la machine descriptive ne l'empêche pas de fonctionner, pourtant : il libère en elle ses seules virtualités suggestives et la désentrave du devoir de représenter exactement le réel. Des choses, ces descriptions retiennent surtout les qualités, qu'elles substantivent et placent en première position (« beauté du printemps », « bleuté des toits d'ardoise », mais aussi « mousseline [...] des feuilles », « chant du merle »). Puis, la forme nominale de ces énoncés en fait des espèces de vocatifs : la nature n'y est pas tant décrite que convoquée en vue de sa célébration. Car, on l'aura remarqué, toutes les qualités prédiquées ici sont positives et incluent parfois l'attitude laudative du descripteur : ainsi, dans « Il faisait un temps d'une douceur ».

Cette pratique invocative de la description repose sur la croyance en l'efficacité *épiphanique* du substantif : « trois mots dits d'une certaine façon vous ouvrent les portes du royaume [24] ». Peu importe, dès lors, que les images et les années se confondent dans le souvenir, que les paysages soient sans mémoire [25], et que soit fugace le ravissement paradisiaque éprouvé à l'avènement brusque des saisons [26]. L'inoubliable, chez Pinget, a l'avenir pour lui : c'est dans l'actualité de l'écriture en cours qu'il a chance de rencontrer les mots qui le feront indéfectible. L'« attrait des profondeurs » pousse M. Songe à « assembler des mots qui ne demandaient qu'à le voir trembler »[27] ; d'analogue façon, c'est de la redite du même qu'il attend le hasard d'une révélation : « Tout redire, dit M. Songe, pour tout renouveler. Bonne formule. Redire scabieuse acacia mélilot, et voilà l'été sur ma page [28]. »

Mais cette description invocative, qui résume et recrée le monde dans sa nomination euphorique, ne faut-il pas y voir une version miniaturisée de ce que j'appelais tout à l'heure la description avouée – les saisons de *L'Apocryphe* étant à la porte de *Graal Flibuste* ce que le haïku japonais est à l'ornementation épidictique? En somme, il manquerait aux descriptions invocatives, pour être véritablement averties, le recul critique qui nous les donnerait à *voir* (l'élan participatif qui les anime nous les ayant jusqu'ici données surtout à *croire*). Il faut donc préciser que ces descriptions se livrent à nous, d'abord, comme des apocryphes : leur authenticité n'est jamais garantie. Par exemple, à cause d'un descripteur indigne de notre foi. Ainsi, comment accorder quelque crédit à tel vieillard qui « entre deux bricoles va faire les cent pas dans son jardin de poupée » et « y passe le plus clair de son temps à ruminer ses pensées »[29]? Or, c'est lui qui nous persuadait lyriquement de la douceur du printemps, tout à l'heure.

Plus radicalement, le caractère apocryphe des descriptions qui nous occupent vient d'un doute, entretenu avec soin, quant à l'identité même de celui qui les prend en charge. Ainsi, les « résidents successifs du château » de *L'Apocryphe* « ont tous été surnommés le maître par la population, ce qui peut prêter à des méprises » [30]. Quant à M. Songe, « il n'est pas lui-même dans son journal mais un autre qui l'observe avec ironie »... et peut-être un troisième encore, plus inquiétant, dont l' « ombre [...] furtive » menace le plaisir narcissique « des petites notes au coin du feu » [31]. Les garants pressentis de la vérité décrite se défilent, on le voit, les uns après les autres! Irresponsables par labilité énonciative, les descriptions invocatives le sont encore du point de vue de leur validité factuelle. Ainsi la beauté et la douceur du printemps sont-elles contestées par le voisinage, à quelques pages d'intervalle, d'un « printemps poussif, pluvieux et morne [32] ». De même, l' « attrait des profondeurs » qui pousse M. Songe à l'assemblage de mots essentiels figure le second terme d'une alternative; le premier, à l'inverse, établissait que M. Songe « se moque des profondeurs, seules l'amusent les rencontres de mots. Si elles débouchent sur des gouffres, il n'y est pour rien [33] ».

D'un côté, la profondeur humaine des choses, et la croyance que les mots en peuvent devenir la fulgurante épiphanie; de l'autre, la platitude absurde des choses, et le jeu désabusé d'écrire à la surface contingente des mots; entre ces deux conceptions antagonistes de la description, les textes de Pinget ne choisissent pas, mais ouvrent un espace dialogique où elles puissent se donner la réplique et se *théâtraliser*.

La description avertie est ainsi un dispositif polyphonique. A une croyance que pourrait guetter le dogmatisme, à un savoir que pourrait tenter le cynisme, ce dispositif offre une garantie dont seule la littérature est capable. La littérature fluidifie les discours en effet, les préservant ainsi de leur destin le plus funeste : la stéréotypie.

Université de Lausanne

NOTES

1. Jean Roudaut propose de partager l'œuvre de Pinget en « cycles » (mystique, réaliste, mythologique) et d'y être attentif, plutôt qu'à des thèmes, à la dominance de certains moyens rhétoriques (voir Jean Roudaut, « Robert Pinget et la boussole », *Ce qui nous revient*, Gallimard, 1980, p. 193-194). Je reprends ici ce projet, en l'éprouvant sur un objet limité.
2. *Graal Flibuste*, Éd. de Minuit, 1966, p. 230-231.
3. Voir Philippe Hamon, *Introduction à l'analyse du descriptif*, Hachette, 1981, p. 180-186.
4. Voir Jean-Michel Adam et André Petitjean, *Le Texte descriptif*, Nathan, 1989, p. 112-116. Hamon et Adam/Petitjean donnent de la structure du descriptif une définition semblable (à la terminologie près). Il s'agit chaque fois d'y considérer l'expansion (ou l'aspectualisation) d'un pantonyme (ou d'un thème-titre) selon le double axe d'une nomenclature (les parties) et d'une liste de prédicats (les qualités).
5. Hamon établit ainsi l'existence, dans le roman naturaliste particulièrement, de véritables thématiques postiches : celles-ci permettent d'acclimater en fiction, grâce à des personnages promus fonctionnaires de l'énonciation, tout un savoir encyclopédique autrement inassimilable. Voir *Introduction à l'analyse du descriptif* (*op. cit.*, p. 186-215), et *Texte et Idéologie* (PUF, 1984, p. 103-185), où les considérations principalement structurales de l'*Introduction...* sont réévaluées quant à leurs effets idéologiques.
6. Mais il se pourrait que la frustration soit une forme inattendue de l'économie désirante, comme le suggère Pinget deux pages plus haut, dans ce dialogue pour ainsi dire préventif :

« Pourquoi la mer, puisque cette plaine me comble?
– Parce que, sans votre désir de la mer, vous n'eussiez pas aimé cette plaine qui le contrecarre.
– Oh oh, continuez...
– Il n'y a rien à ajouter. Vous craignez vos désirs, et ce qui en retarde l'assouvissement vous est un réconfort. [...]
– Eh bien, expliquez-moi pourquoi je crains d'arriver à la mer.
– Parce que vous ne saurez pas comment la décrire.
– ... Brindon, vous êtes un génie » (*Graal Flibuste*, p. 227).

7. C'est-à-dire le dernier de 1956, que nous examinions tout à l'heure.
8. *Graal Flibuste*, p. 231-232.

9. Le terme est proposé par Adam et Petitjean, *op. cit.*, p. 129. Pour ces auteurs, la mise en situation du descriptif se fait selon deux axes : l'un, métonymique, inscrit la description dans l'espace et le temps ; l'autre, métaphorique, installe l'objet décrit dans un réseau analogique, par assimilation ou reformulation des parties et/ou des qualités qui le thématisent.

10. *Graal Flibuste*, p. 234-235 ; pour les citations qui précèdent, respectivement p. 232, 233, 234.

11. On trouve une bonne présentation des trois genres de la rhétorique aristotélicienne dans Heinrich Lausberg, *Handbuch der literarischen Rhetorik,* Munich, Max Hueber Verlag, p. 52-61 ; sur le genre épidictique, voir en particulier, p. 129-138 ; sur la description, p. 399-407.

12. Robert Pinget, *Le Fiston*, Éd. de Minuit, 1959, p. 169.

13. *Ibid.*, p. 172.

14. Le minage de la référence connaît encore d'autres tours : à la description contradictoire d'un seul objet, on peut ajouter la description parallèle de deux objets presque semblables, fréquente chez Pinget. *Le Fiston, Le Libera, L'Apocryphe* (d'autres textes encore) situent ainsi une partie de leur action dans deux demeures différentes (l'une à la ville, l'autre à la campagne), mais d'allure générale identique : distinctes référentiellement et littéralement indiscernables...

15. Robert Pinget, *Quelqu'un*, Éd. de Minuit, 1965, p. 23.

16. *Ibid.*, p. 90.

17. *Ibid.*, p. 91.

18. Ménandre le Rhéteur (ou Ménandre de Laodicée, IIIe siècle après J.-C.) distinguait, outre le degré zéro *(endoxal)* du genre et sa réalisation *paradoxale*, deux autres formes encore : la louange *adoxale* de maux sérieux, et la louange *amphidoxale* de réalités ambiguës, louables et blâmables à la fois. Voir Lausberg, *Handbuch...*, *op. cit.*, p. 131.

19. Dans une série d'articles réunis en 1963 (chez Minuit), en forme de manifeste *Pour un nouveau roman.*

20. Robert Pinget, *Le Libera*, Éd. de Minuit, 1968, p. 162. L'évocation de l'audition occupe les pages 162-166. Les citations qui suivent leur sont empruntées.

21. Robert Pinget, *L'Apocryphe,* Éd. de Minuit, 1980, p. 142.

22. *Quelqu'un*, p. 22-23.

23. *L'Apocryphe*, respectivement p. 25, 36 et 43.

24. *Ibid.*, p. 153.

25. « De nouveau sur le chemin des collines grises. Outremer entre les chênes-lièges. Splendeur de l'arbousier.

« D'une année à l'autre images superposées et confondues. Lesquelles, celles du moment?

« Inutile question du vieil homme. Paysage sans mémoire » (Robert Pinget, *Du nerf*, Éd. de Minuit, 1990, p. 48).

26. « Un matin de juillet bleu et or, assis dans son jardin parmi les fleurettes le vieux qui perd un peu la fiole se croit au paradis.

« Plus tard sa lucidité reconquise lui tient lieu, à regret, de miracle » (Robert Pinget, *Charrue,* Éd. de Minuit, 1985, p. 38).

27. *Du nerf*, p. 17.

28. Robert Pinget, *Le Harnais*, Éd. de Minuit, 1984, p. 46.

29. *L'Apocryphe*, p. 42-43.

30. *Ibid.*, p. 115.

31. *Du nerf*, p. 18-19.

32. *L'Apocryphe*, p. 31. Cette stratégie descriptive retorse s'allie ainsi à d'autres traits spécifiques du Nouveau Roman – remise en question de l'instance d'énonciation, pratique du récit hypothétique –, dont les variations pingetiennes ont été écrites. Voir, par exemple, Laurent Adert, « Pinget polyphone », *Poétique*, 79, 1989, p. 349-362.

33. *Du nerf*, p. 16-17.

Jean-Pierre Martin

De la lecture comme sabotage

Michaux et Papazoff

L'Art de la lecture
On ne lit bien que ce qu'on lit dans un certain dessein tout personnel. Ce peut être d'acquérir tel pouvoir.
Ce peut être la haine de l'auteur [1].

Imaginons un lecteur qui surgirait là où le texte ne l'attend pas. S'abandonnant à son dé-lire, il ne reconnaît pas les signaux qui lui sont adressés, ne souscrit pas à l'ordre du livre. Il feint d'ignorer ce qu'une théorie de la réception, selon Jauss, tente précisément de reconstituer : cet « horizon d'une expérience intersubjective préalable qui fonde toute compréhension individuelle d'un texte et l'effet qu'il produit [2] ». Insouciant des règles du jeu, ne retenant de sa fonction qu'une dimension polémique qu'il exacerbe en agressivité, son rapport au livre est de maculature, de caviardage et de mise en pièces. Quelle morale de la lecture assigne des limites à ses transgressions?

Mieux : ce liseur imprévisible profiterait de sa liberté et de l'absence auctoriale au point d'usurper, quand il le juge nécessaire, les prérogatives de l'écrivain. Il invente une machine à détruire le lu pour se faire à son tour, sur les décombres de toutes ses lectures, auteur. « Le prétendu pur lecteur, note Jean Ricardou, n'est jamais qu'un scripteur potentiel qui s'ignore [3]. » Mais que dire de celui qui n'accepterait pas le temps spécifique de la lecture – récrivant aussitôt pour exorciser les signes déjà écrits? Qu'il n'est pas lecteur, parce qu'il n'obéit pas aux normes d'un statut qui lui enjoint de s'effacer? Ce degré zéro du lire est pourtant fondateur. La figure du lecteur n'a pas nécessairement évacué celle du fou ou celle de l'*infans*. Avant le processus discipliné de la lecture, et de son jeu réglé, le premier rapport au livre est de barbouillage et de destruction. Le scribe lui-même devait jouer à ne pas comprendre, produire de l'illisible – et en jouir. Il devait jubiler de ce pouvoir d'inscrire sur le texte sacré sa propre marque : le lu est dépossession, le récrit, espoir de maîtrise. Récrire un texte ne serait rien d'autre alors que prolonger la lecture insulaire, désigner l'espace lacunaire qui, sous les yeux du liseur distrait, s'est approfondi. On peut ainsi concevoir le procès d'une hypertextualité méconnaissable, qui a tellement œuvré à contre-courant du déjà-lu que, à moins d'un retour du refoulé, elle cache son jeu et son hypotexte déchiré : ayant quitté le sillon de la lecture, elle l'obnubilerait dans un oubli volontaire, à l'instar de l' « Imagination sur lacune de mémoire » qui, selon Saussure, contribue à changer la légende [4].

C'est pour avoir éprouvé cette légèreté de la lecture, corollaire d'une résistance anonyme de l'écrit, que Michaux nous parle de la *répulsion* du texte : auteur, il se défie ; lecteur, il agresse. Répulsion qui n'est pas sans jouissance : contre la lecture – recueil et ligature du lisible –, elle affirme la pulsion du sujet qui creuse le texte de ses propres failles, le macule de ses propres traces, y insinuant avec constance le poison de l'illisible.

« Les livres sont ennuyeux à lire », écrit en 1950 Michaux, pour qui le tableau s'offre au contraire à un parcours sans règles. « Pas de libre circulation. On est invité à suivre. Le chemin est tracé, unique [5]. » Mais les livres sont surtout dangereux pour ce liseur éclectique et vorace qui se voudrait inventeur. Impossible de suivre à la trace cet autre « errant des bibliothèques » qui, à la différence de Cendrars, garde le secret de ses lectures, cherche par sa pratique poétique à en effacer les imprégnations, à en désencombrer son imaginaire. S'il lui faut participer malgré lui au Grand Palimpseste universel, que ce soit à sa manière : en épurant, en réduisant, en sabotant le déjà-écrit. C'est à cette scène mythique que nous convient deux textes, tous deux parus en 1929, dans des livres différents. Le premier est un passage d'*Ecuador* – faux journal d'un voyage en Équateur, mais aussi laboratoire d'une œuvre en gestation, où les méditations de l'écrivain prennent souvent le pas sur les impressions du voyageur ; il prétend offrir à notre regard perplexe l'étrange résidu qui aurait survécu après que Michaux a mis en pièces sa lecture. De quoi tourner la page ou... s'y attarder. Le second est un poème en prose intitulé « Une vie de chien », paru d'abord à la NRF avant d'être repris la même année en tête de *Mes propriétés*, puis en 1935 dans *La nuit remue* ; il raconte les dévastations du livre comme l'aventure poétique d'une intervention.

Mise à mort

« Je lis très mal, repoussant incessamment, avec haine, refus et mauvaise foi », nous dit l'auteur-voyageur d'*Ecuador* (*E*, p. 71 [6]). Il lui faut en effet, pour résister à la loi de Papa-Livre, mettre en œuvre une stratégie profanatrice qui conjugue les moyens de l'amnésie, de la lecture latérale, du caviardage et du vandalisme. « La déformation d'un texte, remarque Freud, se rapproche à un certain point de vue d'un meurtre [7]. » Elle sera, pour Michaux, simulation de parricide.

Et le lecteur iconoclaste d'inventer ou de maquiller, avant l'exemple d'un

« texte modifié », le nom de la victime : « C'est un texte très sérieux sur les arts graphiques, une étude sur le peintre Papazoff par Zeixe Man. Il n'y paraît pas, à me lire, mais c'est de lui qu'il s'agit » (*E*, p. 71). Off, le Papa? The *x* Man? Nous voilà prévenus que le brouillage sera sémiologique et cryptographique. Première transcription et première agrammaticalité, la forgerie des noms propres annonce une parabole sur la lecture comme malentendu, nous inclut dans le récit d'une réception manquée dont elle nous prend à témoin; son imposture renvoie à celle de tout signataire et de tout titre. Cette exhibition du faux inverse l'*Enstellung* à laquelle Freud « souhaiterait redonner [...] son double sens de jadis », déformation et déplacement, dont « la difficulté ne réside pas dans la perpétration du crime mais dans la dissimulation de ses traces »[8]. C'est au contraire l'ostentation d'une violence déformatrice que Michaux projette de mettre en scène. De ce lavage de texte à trois programmes (supprimer, essorer, contrer), l'idéal est l'élimination :

> [...] Je ne lui laissai ni mots ni idées. Se retrouvent seules les phrases.
> Soyons francs : lecture médiocre. La lecture eût été bonne, je ne lui eusse laissé que le contre-pied de ses idées.
> La lecture mauvaise, il n'en serait rien resté, ce qui m'arrive souvent (*E*, p. 71).

Le monstre

Le sacrifice du texte se veut magie noire. Les trois stases possibles indiquent que la portée du caviardage augmente avec la diminution de l'intérêt du lecteur : la densité variable du texte récrit se présente comme celle d'un grimoire insensé qui ne serait nécessaire que pour leurrer le pouvoir du lu. Comme pour marquer d'une extériorité indigeste le corps étranger, le réducteur de textes a utilisé l'italique, type d'ordinaire essentiellement réservé dans *Ecuador* aux pérégrinismes. Tout est donc fait pour que le lecteur, accompagnant la dénégation par Michaux de sa propre lecture, se détourne à son tour de cette manifestation textuelle exographique et rébarbative :

> *Après son mariage, son instinct le fit geindre Mallarmé.*
> *Sa pose et son goût des frictions ne facilitèrent pas son abcès.*
> *Geindre était pour lui un homme qui n'avait pas besoin de « self », un roteur obscur enregistrant les actes de naissance.*
> *Soudain il s'arrête, dressant sa hune à louer sur un clapier de grandes personnes, bafouillant le modèle avec des éclats à frire le diable.*
> *Il pouffa... Trop facile de faire sa pieuvre au large!...*
> *Questionnant les trains qui répondirent comme à un fou, son monotone l'était sans précision ni joie, tel un cratère en mal de clients* (*E*, p. 72).

Or précisément, le fait que cet artefact d'illisibilité constitue un des points limites les plus remarquables d'un journal déceptif à la recherche de lignes de fuite hors genres et hors voyage incite à relever le défi pervers du scribe assassin, qui a suscité un double effet de dérobade : celui déclaré du texte dont le statut citationnel est un leurre; celui présumé d'un lecteur convoqué au corps à corps entre Michaux et une « lecture » qui n'a pas lieu, dont on ne lui donne à voir que la dépouille et dont il est de ce fait soit l'expulsé, soit le décrypteur insatisfait. Mais il est une autre raison, essentielle on le verra, de s'interroger sur cette étrange « modification » : l'hétérodoxie du rapport asocial à la lecture auquel Michaux prétend a pour fonction d'engendrer, dans l'écriture, un rapport cannibalique à l'intertextualité; la culture livresque aura ainsi été soumise à un phagocytage autotextuel.

Comment j'ai lu certains de mes livres

Document que cette performance effectuée sous nos yeux, la seule du journal de voyage, puisque dans cet acte tout entier de langage, traduction métamorphique du lu en récrit, dire c'est faire? Canular dadaïste, qui présente un texte automatique comme porteur d'un sens caché? Lecture schizophrénique ou sous éther? En tout cas, productrice d'un texte-repoussoir, cette mise en scène d'un déglutissement n'offre aucune prime de séduction. Elle désamorce deux fois l'intérêt du lecteur : le « texte modifié », qui se prétend dérivé d'une lecture qualifiée elle-même de « médiocre », se présente comme un déchet, le reste d'une dévoration au cours de laquelle l'informatif et le poétique semblent s'être détruits l'un l'autre. L'intention affichée ici n'est pas de fabriquer, à la façon du retournement maldororien, de la littérature au second degré – seulement de produire sous nos yeux le témoignage du lecteur récrivant : en l'absence du corps de la victime, le corps évidé d'un délit. Apoétique, sans charme, cette transformation parasitaire exhibe son agrammaticalité comme une laideur repoussante, et l'on est tenté d'y voir une plaisante provocation. D'autant qu'une notule imperturbable, mimant jusqu'au bout le journal, l'annonce comme (ré)écriture du jour : « Mercredi 14 mars. En ville. » D'une part le protocole de lecture, mystificateur, indique un secret – à la fois son dépôt et son recel; d'autre part le lecteur est mis en position de voyeurisme : « voici le texte modifié » ou comment j'ai lu certains de mes livres – et donc comment, lisant, je récris. Exhiber et sécréter à la fois : le monstre est métatextuel; il mérite quelque attention : s'il masque, c'est pour désigner.

Hypotextes : Mallarmé corrigé

Michaux évoque rarement ses lectures, cite encore moins [9] : le livre de l'autre risque d'aliéner la subjectivité. L'intertexte lui-même, comme le nom propre, est une menace contre laquelle il faut se prémunir. La « modification » à laquelle nous sommes, pour un unique spectacle, exceptionnellement conviés est un brouillonnage de réappropriation : passage non pas accompli, mais en procès, de l'altérité de la citation au détournement hypertextuel. Bruit dans le silence onomastique, le nom du poète mal armé fait figure de signal : sa présence parasitaire signe le texte autre, invite à la paléographie. On aura rétroactivement reconnu, derrière Zeixe Man, l'hermétique professeur d'anglais, auteur du sonnet en yx, spécialiste en arts (typo)graphiques. Son « goût de la pose » semble d'ailleurs attesté, et pas seulement à l'occasion du tableau de Manet : « nous avons de beaux portraits de père [10] », écrit sa fille Geneviève en 1926.

Les premiers textes de Michaux, publiés sous le titre *Cas de folie circulaire*, cherchaient à exorciser le pouvoir d'un intercesseur et maître en corrections qui déclencha le besoin d'écrire; ils mimaient les déraillements de la machine maldororienne, à la façon de « L'extra » d'Aragon, que Michel Charles définit comme un « vestige d'une lecture du VIe Chant de Maldoror [11] ». Mais le principe ici n'est pas digressif et peu mimétique : il est surtout ablatif. Ce qui essentiellement est préservé, du « modèle » mallarméen, c'est son obscurité. L'intertexte juxtapose des morceaux disparates qui ont été défigurés par une contrefaçon réductrice. Produits d'une « friction [12] » entre le lecteur et son texte, ils forment comme les « abcès » d'une lecture imparfaitement court-circuitée, parmi lesquels on pourrait reconnaître :

1) L'altération en une phrase biographique et triviale de la première strophe du poème « Brise marine » écrit deux ans après le mariage de Mallarmé. Déjà alors, la chair est triste [13]. Il suffit, dans le pastiche laconique, de rétablir une virgule après « geindre ». On lit ainsi un hypotexte tronqué de l'essentiel – sa poéticité – au profit de l'anecdotique.

Une phrase de transition semble montrer et cacher le passage – à la fois scriptural et lectural – du vers à la prose, d'un intertexte à un autre, sa lisibilité fragile ne dépendant que du déplacement ou de la permutation de deux consonnes : « Sa p*r*ose et son goût des f(r)ictions ne facilitèrent pas son a(b)*c*cès. »

2) La paraphrase maquillée d'un passage d'*Autobiographie* – lettre adressée à Verlaine et publiée en 1924 avec un avant-dire du docteur Bonniot, gendre de Mallarmé :

> Mes familles paternelle et maternelle présentaient, depuis la révolution, *une suite ininterrompue de fonctionnaires* dans l'Administration et l'Enregistrement; et bien qu'ils y eussent occupé presque toujours de hauts emplois, j'ai esquivé cette car-

rière à laquelle on me destina dès les langes. Je retrouve trace du goût de tenir une plume, pour autre chose qu'*enregistrer des actes, chez plusieurs de mes ascendants* [...]. *Mon travail personnel* [...] *sera anonyme, le Texte y parlant de lui-même,* et sans voix d'auteur [14].

Se retrouvent, amalgamés et redistribués par une lecture contre-textuelle, des bouts d'intertexte masqués : « un homme qui n'avait pas besoin de " self ", un roteur obscur enregistrant les actes de naissance » / « un clapier de grandes personnes ». Le choix du modèle (auto)biographique n'est pas innocent. On comprend que l'œil du lecteur en rupture avec l'histoire des textes se soit ici arrêté, ait buté sur des mots que la main a voulu dé-signifier : la maculation s'exerce particulièrement contre la généalogie des plumitifs (fût-elle revendiquée par Mallarmé lui-même), symbole à la fois d'une littérature de copiste et de la perpétuation des « fils de fils [15] » – soit du Grand Livre reproducteur.

Le dépeçage de la lettre de Mallarmé semble « interpréter » la première partie, biographique, comme une métaphore de la seconde, essentiellement théorique. Michaux aurait-il eu entre les mains l'étude sur Mallarmé, où Verlaine reprit presque littéralement pour *Les Hommes d'aujourd'hui* [16] des passages entiers de la lettre éditée plus tard sous le titre *Autobiographie?* Le poème en prose « La gloire », hypotexte du dernier paragraphe, figurait précisément dans cette mince publication, sous le titre « Notes de mon carnet ». On tiendrait alors une explication du coq-à-l'âne – ainsi que du statut déjà second explicitement annoncé d'une « étude sur » et « par » : Verlaine lui-même cite sans le dire.

3) Le sommaire fantaisiste et incohérent de « La gloire » – le texte de Mallarmé serait trop long à citer ici – en une phrase où, on le verra, intervient avec force l'autotexte de Michaux. L'essentiel a été caviardé, comme si n'avaient été retenues et transposées par la lecture distraite que des bribes : « Que me réponds-tu? »... « une monotonie énorme »... « mainte indécise flottaison d'idée »... « le train qui m'avait déposé là seul » [17].

Action writing

La lecture intertextuelle permettrait ainsi de distinguer trois mouvements à la fois disjoints et juxtaposés en une asyndète qui accentue l'incohérence et semble progresser vers toujours plus d'illisibilité : un intertexte biographique, un métatexte sur le procès de l'écriture-lecture, et un intertexte « poétique ». Deux phrases ont interrompu la « lecture/écriture » par l'intrusion (nettement marquée d'un présent : « il s'arrête ») d'un « il », mise à distance du « je » lisant : en idiolecte michaudien, il = je. Dans cette parenthèse spéculaire (et maldororienne), le lecteur-enfant manifeste une révolte gestuelle et projective contre l'ascendance du Papa-Texte géniteur, « clapier de grandes personnes ». Rappelant la « furie » de Manet qui, selon Mallarmé, « le ruait sur la toile vide, confusément, comme s'il n'avait jamais peint [18] », il intervient par une sorte d'*action writing* pour contrer la trace du sillon biographique, ses histoires de « mariage » et de « naissance » ; et « dressant sa hune à louer [19] », il semble à la fois mimer la matière phonique mallarméenne et en annuler la lecture par le désordre de la huée et de la ruée, de la parole « bafouillante » et du geste agressif : comme s'il avait fallu couvrir le bruit du texte.

Qu'un système latéral de lecture s'applique, pour sa démonstration, à Mallarmé, est significatif : c'est précisément avec les poèmes-fictions de Mallarmé que commence à s'élaborer la théorie d'une réception autoréflexive – et non pragmatique – de la fiction [20]. L'acte linguistique de Michaux peut ainsi apparaître comme une exténuation parodique de l'hermétisme mallarméen : comme lui, sa négativité prend pour cible la cohérence du livre en tant que réalisation d'un genre, ainsi qu'une possible connivence entre lecteur et auteur à partir de l'illusion référentielle. Mais cette fois-ci, c'est le lecteur qui prend l'initiative de rompre avec tout système de références – comme pour montrer que tout texte, fût-il en rupture avec la tradition, participe encore, par sa lecture, d'une convention.

Métatexte

Centon décousu, mixage interrompu d'hypotextes, contraction incongrue, ratage concerté de plagiat, compilation trouée : la transformation est inclassable. Elle témoigne d'un désir de rupture avec le pouvoir synthétique de la séquence ; elle cherche le retour à un chaos, à un méconnaissable langage, l'impossible régression du texte littéraire à sa *materia prima*. L'isotopie de la lecture brouillée, particulièrement mise en relief dans deux phrases (« Soudain il s'arrête », « Il pouffa... »), est présente dans tout le texte qui ne cesse de se dire en tant que départ, sens autre, récriture bouffonne. Le très mauvais « lecteur » y parle de lui, de sa présence-absence comme « fou » iconoclaste, sans *auctor,* qui ne sait pas lier, qui substitue sa dérivation subjective à l'autorité opaque du livre et s'interpose dans l'entre-deux du lu et de l'écrit. Le maculateur a brûlé les étapes, s'est fait scripteur quand il fallait encore lire : il a produit un texte-salmigondis sans lecteurs, « cratère en mal de clients », caractères en mal de liant, éruptions pétrifiées, dégradées où l'on ne peut plus lire, comme sur le journal mallarméen, la « coulée d'un texte [21] », mais ses éructations.

Michaux a pris au mot Mallarmé qui, « au sujet d'une brochure à lire d'après l'usage courant », brandit un couteau, « comme le cuisinier égorgeur de volailles » [22]. Mais le métatexte de la lecture cruelle dénonce aussi l'impasse de l'écriture. « Écrire : tuer, quoi », avait noté Michaux au début du journal (*E*, p. 16). L'écriture prolonge la lecture nécrophage : comme elle pratique mortifère – même si elle se réclame d'une transgression violente –, elle est toujours entre deux lectures, en retard sur le vivre. Elle doit attenter à l'intertexte : ainsi, le lecteur discernera avec peine quelques débris avec lesquels l'écriture, à la façon des enfants de Max Ernst et d'Eluard [23], a pu jouer.

Tatouage

L'essentiel n'est pas de reconnaître sous le fragment exsangue les textes qu'on aurait, par une intervention violente, asphyxiés. La stratégie elle-même comme le produit démarqué sont, plus encore que leur prétexte, symptômes. « Inintelligible », s'était empressé de reconnaître le responsable d'une opération qui ressemble au tatouage décrit à la fin d'*Ecuador* : sa fonction consiste, plutôt qu'à « faire apparaître », à « faire disparaître » (*E*, p. 180). Le *telos* du bariolage est soit l'annihilation, soit la défiguration du texte, dont l'identité doit être effacée, dénommée, comme un visage qu'on ne reconnaîtrait plus. Et ce qui nous intéresse ici, nous, lecteurs parasites d'une excroissance parasitaire de la lecture, plus encore que de spéculer sur ce que le maculage a recouvert, c'est de retracer le geste du « lecteur », de retrouver son dessin propre – c'est-à-dire la figure et la signature du tatoueur tatoué.

« Ça c'est ma clef : traître. Vous l'avez maintenant », lit-on quelques pages plus loin (*E*, p. 86). Or le *viator traditor* s'est lui-même trahi. Il s'est lu puis écrit dans un autre texte, dispersant en des transformations apparemment arbitraires les éléments épars d'un autoportrait griffé. Hypothèse : l'intervention fut intrusion. Entreprenons cette tâche impossible : refabriquer non le texte primitif, mais le texte-écran, dont la grille servit au détournement. Il n'y a pas deux textes, mais trois. Le texte affiché comme dé-lu et refait est le masque d'un troisième qui essentiellement nous préoccupe : celui qui relie le lecteur délirant à sa propre pratique poétique. Mais s'il veut rétablir le dialogue avec soi qui a permis de distraire la lecture, y retrouver, en deçà des signes lus, ceux d'une fabrique, le lecteur critique doit déployer toutes les ressources d'un rechiffrage en tous sens : tenter de retracer le parcours actif, gesticulatoire, schizoïde de la lecture imaginaire, ou plutôt de la lecture-écriture – dont on l'a expulsé pour ne lui en présenter que les restes diffus et difformes.

Biffures

Cet exercice ludique et sans règles invite à son tour aux frottages de lectures potentielles. Apparaissent alors des signes à la fois prometteurs et déceptifs qui illustrent le « mariage » du dessin et de la lettre, le voyage de l'un à l'autre annoncé par les arts graphiques. Texte double, narcissique, à double entrée sémantique et phonique, d'un peintre-écrivain rayant de sa palette verbale, de sa série glissante de lapsus, la toile noire du livre : à la duplicité (graphique/scripturale) de l' « étude » annoncée font écho la « pose » et le « modèle » ; l'œil et l'oreille, conviées aux hésitations d'un traceur bifide, imaginent des métaplasmes et des anaphonies : geindre/peindre, pose/prose, frictions/fictions, abcès/accès, roteur/auteur, louer/jouer, bafouillant/barbouillant – ou d'autres moins manifestes : hune/rune, clapier/papier, cratère/caractère. On cherche, derrière les agrammaticalités sémantiques, des locutions figées qu'elles semblent mimer ou déformer : « dressant sa hune à louer », « des éclats à frire le diable », « faire sa pieuvre au large », « un cratère en mal de clients ». Les mots-biffures, formations substitutives, ont du jeu mais ne réfèrent pas [24].

On pourrait s'attendre à ce qu'une logique du signifiant palliât la défection du signifié : un frottement diffus de fricatives ainsi que des rappels phoniques en /a/ prolongent et disséminent le titre – les ARts gRAPHiques de PApAzoFF – comme un hypogramme : mARIAge / Fit / MAllArmé / FRictions / FAcilitèrent / PAs / Abcès / PAs / Actes / clAPier / bAFOUillant / éclAts / FRire / diAble / pOUFFA / FAcile / Faire / lARge / Fou / cRAtère / mAl.

Le texte griffonné suit la trace d'un graphe perturbateur. De quoi « pouffer », en effet, mais le spectacle reste terne : un lecteur bouffon, le fou du texte, a soufflé devant nous sur les lettres et les mots, sans même susciter un effet comique. Pourtant, cette incongruité pourrait bien être parabolique ; une lisibilité imprévue, non représentative, s'y dessine : l'obsession d'une pratique scripturale en cours qui a hanté la lecture de ses propres mots, afin de la parasiter plutôt que d'être parasitée par elle.

Autotexte

Elle se révèle à condition de rapporter des fils incertains à la solidarité d'une trame dont on a voulu les couper, sous prétexte qu'ils y formaient une parenthèse exographique : la macrostructure d'*Ecuador* ; et de déjouer du même coup la manœuvre qui consiste à faire croire à une production inintelligible pour mieux en préserver l'opacité. Il faudrait alors examiner si un autotexte a repris, dans *Ecuador* ou ailleurs, l'intertexte exceptionnellement signalé (montré et caché) et comment, après l'avoir ainsi exorcisé et comme mis hors d'état de nuire, il l'absorbe dans un « enlacement vampirique [25] ». En ce cas, le brouillonnage de Mallarmé participerait d'un laboratoire confus qu'*Ecuador*, journal d'esquisses souvent réécrites dans *La nuit remue,* manifeste en effet. Or l'intertextualité « autarcique [26] » – qu'on étendra précisément à *La nuit remue,* tellement le lien est étroit entre les deux livres – est chez Michaux extrêmement dense. Son réseau opaque a en particulier pour fonction de masquer le bricolage, les interférences d'une structure hypotextuelle en charpie, afin que n'apparaisse que la surface étroitement quadrillée de l'autotexte. Pour dés-écrire, il faut dé-lire, comme si le déjà-écrit participait d'un sociolecte à combattre et asphyxier – à moins de pouvoir en annexer les dépôts assimilables.

La présence du morceau de lecture évidée dans le corps du « journal » invite à d'autres interprétations. Alors certains mots prennent un autre relief, semblent témoigner que la prétendue « lecture »-récriture est prise dans le tissu d'une écriture du livre en train de se faire : ils peuvent apparaître comme une glose d'*Ecuador*. Envisageons le texte entier comme leur glossaire.

« Geindre » : *Ecuador*, ponctué de poèmes-invocations et de poèmes-confessions, est le seul livre élégiaque de Michaux, et le diariste constatera à la fin du parcours lyrique et géographique : « Il me semble que j'ai pas mal pleurnichaillé durant ce voyage » (*E*, p. 171).

« Abcès » : autant ou plus qu'un « journal de voyage », *Ecuador* est la chronique d'une maladie multiforme, entrelacs de plaies physiques et morales. Le sujet « né troué », se regarde dans le spectacle de l'étranger, dans la « lente circulation de caillots de sang » (*E*, p. 34) qu'est la « ville Indienne » de Quito, dans les « infinis trous infects qui forment le plancher de la forêt » (*E*, p. 130) ; et dans le spectacle de son corps : la « poche à pus » (*E*, p. 123) d'une dent, une jambe et un pied qui « commencent à prendre un vilain aspect de décomposé » (*E*, p. 147).

« Pieuvre » : elle est un nouvel avatar d'une figure essentielle dans le journal de voyage, celle de l'aspiration et du phagocytage : « Je suis une bonne pompe », déclare l'écrivain-voyageur (*E*, p. 68) ; confronté à un tropical qui « vous suce en douce, vous pompe à blanc » (*E*, p. 171), il rencontre partout sur son chemin des doubles suceurs ou vorateurs : le Matapalo de la forêt tropicale, « grand étouffeur, grand étrangleur », qui, s'inclinant contre un arbre, « petit à petit l'étrangle, le tue, le fait Matapalo » (*E*, p. 63) ; le boa, qui « entre, prend du mangeable, le roule, s'en retourne avec » (*E*, p. 149) ; les vampires, qui « vous sucent sans que vous le sentiez » (*E*, p. 152) ; enfin les caneros, qui « vous emportent le doigt d'un coup » (*E*, p. 161).

« On est venu chercher du volcan »

« Monotone » et « cratère », plus encore, sont les deux mots clés, les deux emblèmes indissociables du paysage anthropomorphe d'*Ecuador*. La carte du texte oscille entre les deux pôles antinomiques d'une dialectique de l'éruption et du nivellement : le journalier ou l'exceptionnel, l' « urine quotidienne [27] » ou l'épanchement lyrique. Un texte non repris, publié dans *Bifur* lors d'une première livraison sous le titre « Le continent monotone », présentait l'Amérique du Sud comme la rencontre de trois paysages répétitifs – forêt, pampa ou cordillère. Mais le sujetvoyageur, comme le Guanimaru de Supervielle, est fasciné par le volcanique, promesse de l'imprévu. Or l'évocation de cette montagne trouée, image projetée du sujet qui s'est « bâti sur une colonne absente » (*E*, p. 95), est paradoxale. Surgissant du lieu le plus familier, à la fois intérieur et clôturé – la chambre –, et sous la forme incantatoire d'un mantra, son étrangeté paraît déjà compromise par la ritournelle reterritorialisante [28] :

> Ma chambre donne sur un volcan
> La fenêtre de ma chambre donne sur un volcan.
> Enfin un volcan.
> Je suis à deux pas d'un volcan.
> Il y avait dans notre propriété un volcan.
> Volcan, volcan, volcan.
> C'est ma musique pour ce soir (*E*, p. 46).

Et, vu de près, le cratère déçoit son client, l'alpiniste ; du haut de la crête, à 4 536 mètres, il commence par tourner en dérision le génie du haut-lieu, « cette sorte de vallée riante », « ce site pour pique-nique » :

> Cratère ?... Vraiment ? Ah !...
> Nous avons coutume d'exiger un peu plus de sérieux. [...]
> On n'est pas venu chercher du printemps ici,
> On est venu chercher du volcan (*E*, p. 116).

A défaut d'une matière en fusion, un « vent formidable », et, en guise d'éruption, son « irruption d'enragé » : le cratère ne manifeste plus rien d'un travail volcanique. Mais il avale, par le vide d' « une fenêtre », les signes brouillés, évanescents, de « bouts de nuages » pourvoyés par le vent, rappelant le « cratère de nuages » (*E*, p. 33) où la ville de Quito est « collée ».

Ne cherchez pas du volcan, ou des « cratères en mal de clients » – et leurs calices sus – mais plutôt la « notion pure [29] » qui en émane, semble dire *Ecuador*. Le récit du voyage s'achève sur un éloge de la monotonie, « vertu bien méconnue » (*E*, p. 33). Dans *Bifur*, cette partie était indépendante, et séparée par un intertitre – LA MONOTONIE – qui faisait écho au « continent monotone ». Ce motif est disséminé dans tout le livre : dans le « gong fidèle d'un mot » (*E*, p. 47) ; dans les « veines » qui « chantent », et leur « chanson bien monotone,... chanson bien mienne » (*E*, p. 162) ; dans la phrase musicale de l'Indien, « répétée plusieurs fois » (*E*, p. 176) ; dans la forêt, répétition d'arbres ; dans l'océan, « répétition d'un peu d'eau ». Et une formule paradoxale clôt le journal de voyage par une éthique de l'antivoyage, passionnée par l' « être répété » : « la vie la plus simple et la plus monotone serait la plus attachante » (*E*, p. 184).

« Une hune »

Quant à la « hune à louer », on peut la relire à partir d'un texte de *La nuit remue* intitulé « Chaînes enchaînées » – contemporain de notre « lecture » puisqu'il parut à la NRF en août 1928 –, qui jouait sur les homophonies :

> Ne pesez pas plus qu'une flamme et tout ira bien,
> Une flamme de zéphyr, une flamme venant d'un poumon
> [chaud et ensanglanté,
> Une flamme en un mot.
> Ruine au visage aimable et reposé,
> Ruine pour tout dire, ruine.
>
> Ne pesez pas plus qu'une hune et tout ira bien.
> Une hune dans le ciel, une hune de corsage.
> Une et point davantage,
> Une et féminine,
> Une (*NR*, p. 167).

La « hune », ici comme dans *Ecuador*, n'est pas essentiellement réminiscence d'un lexique naval, où s'entend le chant vernaculaire des matelots, où les termes sont « choses pour un marin », « mots pour tous les autres »[30]. Elle est surtout l'avatar d'une identité poétique qui se voudrait minimale, produite par la « ruine » des mots. Elle désigne la réduction impossible de la multiplicité des signifiants et des images à l' « un » : chaînon dans les infinies variations graphiques et phoniques du mantra de l'unicité, auxquelles une voix coupe court, elle contribue à dénoncer son ambiguïté par la prosthèse du /h/, la réduplication et la féminisation. La « hune à louer » marque ainsi un être fuyant, androgyne, délogé; métaphorise la figure d'un auteur-lecteur régressif, atopique, détaché de toute communauté, hanté par le préverbal maternel : « Plus homme ni femme, il n'est qu'un lieu » (*NR*, p. 67).

Pillage

Le choix de mots surdéterminés par le contexte du livre-voyage, mais aussi par la pratique poétique de Michaux, infirme l'apparence uniformément arbitraire du débris de lecture. De ces mots-lapsus, au contraire, les yeux semblent tourner en tous sens. Pour ce qui est d' « abcès », l'étymologie latine indique, autant qu'une corruption, un retrait, un éloignement : celui-là même qu'annonce une lecture de refus. Mais c'est surtout la pieuvre qui semble occuper le centre mouvant de ce lambeau textuel, prise dans une expression qui, si l'on veut bien lui prêter sens, fait antiphrase : « faire sa pieuvre » semble désigner l'opération cruelle, implacable, d'un enserrement, d'une aspiration et d'une succion; « au large », transformation de la locution « prendre le large », le mouvement contraire d'une fuite. Or Michaux, qui « aime tellement les Encyclopédies illustrées » (*NR*, p. 126), a pu se souvenir de la pieuvre géante : comme elle, le monstrueux lecteur a pris la fuite en projetant un nuage d'encre sécrétée dans sa poche au noir. Ce que le signifiant, lui-même tentaculaire, suggère : « pieuvre », mot-valise pour le « pilleur d'œuvre » qui, redoublant la « disparition élocutoire » de l'auteur par celle du lisible, saccage et s'éclipse. Le pillage n'est-il pas le contraire du plagiat? « Plagiaire est celui qui a mal digéré la substance des autres, note Valéry, il en rend les morceaux reconnaissables. L'originalité, affaire d'estomac [31]. »

Par ailleurs, entre « frire le diable » et « faire sa pieuvre », le parallélisme n'est pas seulement syntaxique. Le « diable », ou diable de mer est en effet l'autre nom du scorpène, ou scorpion de mer, autrement dit de la rascasse : ne faut-il pas frire ce poisson de mots, « couverts d'épines venimeuses », nous dit le Larousse, « grand système *un – mais très multiple* [32] », selon Michelet – après quoi « se retrouvent seules les phrases » – les arêtes de l'os intérieur? L'*exemplum* prétendument « inintelligible » est en fait menacé par l'excès de connotations, appelant à une lecture littérale et dans tous les sens. Sur les syllepses du scripteur se greffent celles du compilateur qui, combinant excisions et « lectures en tous sens », mange du livre et efface toute distinction entre mystique, science ou littérature : « ... là réside, je pense, mon originalité, c'est que j'ai fouillé partout », écrit Michaux en 1922 [33]. L'instabilité de l'artefact renvoie à celle de la lecture, à ses effets multipliés de dérivations, d'ablations, de glissements, de polysémie, d'éclectisme.

Obnubilation

Le geste exographique du lecteur peut ainsi être interprété non seulement comme l'épisode d'un livre lui-même construit sur le mode de l'ellipse et de l'hétérogénéité (où l'auteur espère, plus encore que le voyageur, s'expatrier – en particulier par la collision générique entre un faux journal et des poèmes), mais aussi comme la traduction extravagante d'une poétique de la rupture. La question même de la lisibilité se pose à travers lui : hors de tout livre et de tout contexte, il est anisotope; dans le contexte d'*Ecuador*, sous la signature de Michaux, il est pris dans un réseau saturé de significations. Surtout, son illisibilité est démonstrative : intentionnellement concentrée, et non résiduelle, elle témoigne que le scriptible devra son autonomie, contre toute intertextualité, à un *déni immédiat du texte* en tant que corps étranger. La récriture est pillage et sabotage, mais aussi, d'une certaine façon, réappropriation paradoxale et *recel* par le lecteur solipsiste d'un texte dont tous les autres récepteurs le déposséderaient s'il partageait avec eux une lecture respectueuse : afin de me déprendre de leur communauté, quand l'autre lit encore, déjà j'écris, dressant ma singularité sur la « colonne absente » du livre mien, oublié, déchiré ou illisible – sur sa dépouille.

Si le texte-écran est lui-même obscur, c'est qu'il nous parle de l'obscurcissement. A la façon d'un énoncé oraculaire, il n'est pas produit pour livrer un secret, mais pour dire son lieu, celer un processus de lecture-écriture qui tient du brouillage. Nuage d'encre, il ressemble au « jeu du brouillard » et au « nuage collant » qui « suce une brebis, à fond » (*E*, p. 55-56) : la lecture est écriture, c'est-à-dire « obnubilation », « recel du sens »[34]. L'acte de lecture selon Michaux est à l'opposé du rapport au livre tel que Butor le décrit à propos de *La Tentation de saint Antoine*, fait de méditation et de « noble paresse »[35]; il dilacère le livre-« ermitage » et lui substitue un livre-manie, lu dans un état second favorable à l'occultation et à l'éloignement du lu :

> Il y a dans ma nature une forte propension à l'ivresse. Je suis un homme en mane et tout m'est bon. Ainsi quand je lis, les premières pages ne m'intéressent pas. Elles sont trop claires. Mais après plusieurs pages, cela devient flou, alors j'en retire une grande satisfaction, (*E*, p. 162).

« L'illisibilité des textes moisis »

L'auteur-voyageur a pris le bateau avec dans ses bagages « rien que des livres modernes et non choisis » (*E*, p. 16). Cette fuite hors l'Europe se voulait aussi fuite hors de la bibliothèque et de la lecture sacralisée, hors du musée où se partage un rituel ambigu d'appropriation et de dépossession. Aussi la perspective même de reconstituer les signes de ce rituel dans la sphère du privé, d'aménager le dehors des livres en un dedans complice qui les offrirait à une consommation conviviale, est-elle insupportable :

> [...] Mon ami a accumulé des livres pour lui et pour moi dans sa bibliothèque. Grave cela, grave! Il m'a demandé ceux que je veux. Je réponds : aucun! (*E*, p. 86.)

Un texte de 1926 intitulé « Écho », non repris dans *Qui je fus*, évoquait ironiquement, sur le mode journalistique, la conservation parasitée de la mémoire livresque :

> La Bibliothèque nationale de Paris entre toutes les Bibliothèques est la plus importante (3 700 000 volumes).
> Le British Museum vient au deuxième rang, puis Saint-Pétersbourg. [...] Londres, fourberie ou confiance en soi, compte sur les champignons oomycètes ou myseomycètes, c'est-à-dire sur l'illisibilité des textes moisis[36].

Travail trop lent, et aléatoire. Il faut l'activer. Pour résister au vertige de la page déjà écrite, au « noir, mal qu'apporta l'imprimerie » (*E*, p. 35), Michaux compte sur sa propre capacité à circuler librement entre les livres, à occulter et à oublier : « Qui donc se souviendrait de l'inintelligible? » (*E*, p. 72.)

Une vie de pieuvre

A l'échantillon de mise en pièces dans *Ecuador* répond, dans *La nuit remue*, une version descriptive de la stratégie de contre-lecture. On y retrouve, discrètement évoquée, la figure du poulpe [37]. Le corps à corps où s'affrontent le lecteur-scripteur et le livre est épuisant : ce travail de déterritorialisation est un combat de pieuvres, où, pour créer un non-lieu, le transfuge cynique d' « Une vie de chien » doit, s'il ne veut pas être lui-même étouffé, retourner les armes étouffantes, toxiques, de la machination textuelle : tentacule et poison. La bibliothèque redouble l'enceinte de la ville, pour laquelle « un esprit d'une certaine dimension ne peut avoir que haine » (*E*, p. 80). Aussi le décor du « grand combat » avec le livre est-il la Ville-Texte [38], métropole (ville mère au sens étymologique) bavarde et proliférante; pour s'en extraire, comme pour extirper de leur enchaînement syntagmatique les mots de la tribu, il faut violenter le territoire familial et familier de la Cité, en défaire le réseau solidaire, désagréger son cortège ininterrompu de géniteurs, de véhicules et de phrases, *terroriser* les signes de différenciation générique et de parenté :

> J'ai déjà dit que dans la rue je me battais avec tout le monde; je gifle l'un, je prends les seins aux femmes, et me servant de mon pied comme d'un tentacule, je mets la panique dans les voitures du Métropolitain.
> Quant aux livres, ils me harassent par-dessus tout. Je ne laisse pas un mot dans son sens ni même dans sa forme.
> Je l'attrape et, après quelques efforts, je le déracine et le détourne définitivement du troupeau de l'auteur.
> Dans un chapitre vous avez tout de suite des milliers de phrases et il faut que je les sabote toutes. Cela m'est nécessaire.
> Parfois, certains mots restent comme des tours. Je dois m'y prendre à plusieurs reprises et, déjà bien avant dans mes dévastations, tout à coup au détour d'une idée, je revois cette tour. Je ne l'avais donc pas assez abattue, je dois revenir en arrière et lui trouver son poison, et je passe ainsi un temps interminable (*NR*, p. 103).

Cette stratégie de harcèlement manifeste, dans le but de se libérer du texte lu, une obstination qui ressemble étrangement à celle du modèle qu'il inverse, celui de l'*innutritio*, tel que le décrit un théoricien du classicisme – comme si la désintoxication devait fidèlement suivre la procédure de l'accoutumance :

> Quiconque lit dans l'intention d'imiter doit pendant quelques jours se donner tout entier à l'auteur qu'il doit imiter. Il doit observer exactement ses pensées, ses expressions, ses tours; revenir sur les mêmes endroits, s'y arrêter, tâcher d'en exprimer le suc [39].

Le mimétisme est précisément la hantise de Michaux, le démon à chasser. L'innutrition, processus de digestion patiente et de réappropriation, modèle de l'intertextualité coopérante et revendiquée, s'inverse en un rapport cruel, où cette fois le livre est déchiqueté, rendu impropre à la consommation. Afin que le texte à écrire puisse rêver ailleurs, loin de la voix des autres, il faut abattre l'intertexte : en arracher les mots, en réduire les aspérités, par un patient travail de *dénutrition*. Il faut à chaque « tour » de mots – à chaque trope – « trouver son poison », c'est-à-dire son antidote; la substance du déjà-écrit n'est pas suc, mais pernicieuse toxicité, comme les « pages pleines de poison » de Lautréamont.

Oubli

> Qui dit : Œuvre, dit : Sacrifices.
> La grande question est de décider ce que l'on sacrifiera; il faut savoir *qui, qui sera mangé* [40].

L'autre phase essentielle du sacrifice textuel, condition ultime de la naissance de l'écriture, est l'oubli. Montaigne ne dit rien d'autre : « Quand j'escris, je me passe bien de la compaignie et souvenance des livres, de peur qu'ils n'interrompent ma forme [41]. »

Michaux, comme Montaigne, feint des troubles de mémoire; mais c'est précisément sur le ratage de la lecture et sur son incompétence concertée, par l'exténuation de son souvenir et avec les loques du livre lu, que sa poétique se construit. Le sabotage est pour Michaux un processus d'amnésie volontaire, il stimule l'oubli nécessaire à l'auteur; il rêve l'écriture comme expatriation, retour à une table rase d'avant la lecture. La mauvaise lecture est ainsi revendiquée comme une bêtise salutaire : sa radicale inadaptation préserve du mimétisme, sécrète la différence. Lorsqu'en 1922, dans une lettre présentant à F. Hellens son premier livre – un essai sur le Rêve où il écrivait que « la fiction, la déformation seule intéresse la littérature » –, Michaux esquisse son autoportrait intellectuel, il s'identifie à la figure de saint Joseph de Cupertino, dit l'Ane, qu'il a trouvée dans un récit hagiographique de Ernest Hello [42] :

> Je l'ai dit un jour à Périer : « Je suis un imbécile. Je ne comprends rien de ce que disent les gens, les auteurs. Il faut que je refasse tout dans ma tête. » C'est pénible, mais c'est peut-être cela l'invention et l'originalité [43].

Les pérégrinations et les assauts du liseur sont censés garantir à l'écrit une genèse introuvable; l'incongruité du « mélire » est la condition première d'un « mécrire ». On pourra cacher la fabrique du texte, la récriture, parce qu'on aura tenté de faire feu de toute lecture; afin que l'auteur se sente étranger dans sa propre langue, le lecteur a rendu le livre méconnaissable. Mais la violation de la lecture est paradoxalement un garde-fou : elle préserve de l'abandon à des expériences limites. Michaux a très vite compris – peut-être avec la complicité de son ami Paulhan – que la violence exercée contre la langue, se trompant de cible, était une impasse; sa pratique de la musication et du pseudo-langage garde sa force parce qu'elle fut sporadique et transitoire. Le dispositif Michaux ne sera pas dirigé contre la langue, mais contre l'intertexte : il cherchera ce que Gérard Genette appelle une « hypertextualité énigmatique » – donnant l'exemple de *Lucien Leuwen*, né de « cruels barbouillages » sur le manuscrit d'un roman corrigé, « à la manière des perles qui ne peuvent se former qu'autour d'un corps étranger » [44]. Des états de la lecture inaugurent ainsi les états de l'écriture. L'asocialité, le non-savoir, l'incompétence revendiqués du sujet de la lecture sont les conditions pour qu'émerge un sujet de l'écriture.

« Être à soi-même son pain »

La performance destructrice de Michaux lecteur révèle les visées d'une poétique déjà en œuvre dans la lecture blasphématoire. La stratégie est de défense. A travers la désagrégation du lisible au mépris d'une réception conventionnelle, elle cherche à introduire au sein du texte à écrire une « méculture [45] » : c'est Denis Roche qui emploie ce terme, précisément pour désigner un travail de l'écriture contre la lecture, mettant en spectacle une tentative d'annulation de l'idéologie. Pour résister au pouvoir hypnotique du livre, il faut en accentuer les ombres d'illisibilité. Mais le détournement des mots lus est déjà un acte scriptural et poétique. La dénégation de la lecture docile produit un effet de récriture : le passage à l'acte d'une lecture en quelque sorte néologique, par lequel l'écriture peut contaminer la lecture, et non l'inverse. Dès lors, l'intertexte ne peut plus être, comme chez Roussel, prétexte à écriture. Il a été refoulé, transformé, censuré.

Les modalités du rapport de l'auteur à la lecture confèrent à son texte ce qu'on pourrait appeler un certain *régime intertextuel* : selon que ce rapport est désinvolte, ludique, fasciné, iconoclaste, pervers, violent, régi selon le principe d'*imitatio* ou, au contraire, celui du refus des sources, la production du texte est soumise à des stratégies variables qui peut-être assignent des limites à la lecture critique et à la théorie de l'intertextualité : lira-t-on l'intertexte de la même façon, selon que l'auteur l'a revendiqué ou qu'au contraire il l'a voulu illisible, selon qu'il met ouvertement à contribution la culture du lecteur ou qu'il cherche à associer ce dernier à une mise en pièces? On pourrait objecter l'écart entre une intention et une pratique; mais le mode de traitement du déjà-lu n'est pas seulement programmatique : il inscrit dans la carte du texte les signaux présents ou absents d'une altérité textuelle (citations, noms propres, paraphrases, codes, topoï), par lesquels l'auteur se désigne lui-même en tant que sujet de (et sujet à) ses lectures.

Pour s'alimenter de la dénégation du livre, une poétique de refus n'en a pas moins reçu à son tour la trace abhorrée de l'autre – fût-elle sous forme d'influence par contradiction. De telle sorte que, lorsque le réducteur de textes relit ses propres productions, son insoumission à l'égard du déjà-écrit se retourne contre lui. Et, ne s'épargnant pas lui-même, il intervient à nouveau : retranchant, désavouant, s'opposant aux réimpressions, reléguant dans l'oubli ou la rareté, prêt à détruire les exemplaires d'une œuvre reniée; il voudrait en effet maîtriser les conditions de sa propre réception; il se rêve dans le même temps écrivain et lecteur, et sa devise secrète ressemble à celle de l' « homme de lettres » : « Seul, être à soi-même son pain » (*NR*, p. 178). Il désire l'utopique transsubstantiation du texte, de l'auteur et du lecteur; mais l'auteur est absent, le lecteur nécrophage, et le texte toujours en excès. Il abandonne donc régulièrement l'écriture, « trop près d'autres domaines », pour... les arts graphiques. Il « couvre de dessins des feuilles de papier », les déchire aussitôt : « conserver est vite agaçant ». Ce moment est privilégié : il lui donne l'illusion que « le livresque n'a pas laissé de trace en lui [46] ». Il croit alors que la bibliothèque est en feu. Il est devenu Papazoff – auteur et saboteur.

Université Lyon II

NOTES

1. Valéry, *Tel quel*, in *Œuvres complètes*, Paris, Gallimard, « Bibl. de la Pléiade », 1960, t. II, p. 634.
2. Hans Robert Jauss, *Pour une esthétique de la réception*, Paris, Gallimard, 1978, p. 51.
3. Jean Ricardou, « Deviens, lecteur, le scripteur que tu es », *Pratiques*, 67, 1990, p. 107.
4. Voir Jean Starobinski, *Les Mots sous les mots. Les anagrammes de Ferdinand de Saussure*, Paris, Gallimard, 1971, p. 18.
5. Michaux, *Passages*, Paris, Gallimard, 1963, p. 115.
6. Pour les éditions de référence d'*Ecuador* (Paris, Gallimard, 1968) et de *La nuit remue* (Paris, Gallimard, 1967), j'utiliserai les abréviations *E* et *NR*, suivies du numéro de page.
7. Freud, *Moïse et le Monothéisme*, Paris, Gallimard, 1948, p. 65.
8. *Ibid.*, p. 65.
9. La seule citation de *Qui je fus*, mise en exergue à un texte intitulé « L'étoile en bois », a été amputée du nom de son auteur (inattendu), Rivarol – qui figurait dans une version des *Cahiers du Sud* (cf. *Qui je fus*, Paris, NRF, 1927, p. 32; dorénavant cité *QJF*).
10. *NRF*, « Hommage à Mallarmé », novembre 1926, p. 519. Curieuse coïncidence : le même Georges

Aubert qui avait pour *Igitur*, en 1925, gravé sur bois un portrait de Mallarmé d'après le tableau de Manet fit pour *Qui je fus*, en 1927, le portrait de Michaux – qui pourtant depuis ne cessa d'affirmer son profond dégoût de la « pose ».

11. Michel Charles, « Aragon lecteur de Lautréamont », *Cahiers dada surréalisme*, 4, 1970, p. 66. En ce qui concerne « Cas de folie circulaire », voir Anne-Marie Dépierre, « Henri Michaux : " Il se croit Maldoror " », *RHLF*, 5, 1976, p. 794-811 ; ainsi que mon article à paraître dans *French Forum* (septembre 1991) : « " Origine de la peinture ", incipit d'une œuvre double ».

12. Le lapsus concerté de Michaux (« son goût des frictions ») fait penser à la coquille suggestive qui, au premier rang d'une liste de ses ouvrages traduits en français, a modifié un titre de Borges : *Frictions*. Voir Antoine Compagnon, *La Seconde Main*, Paris, Éd. du Seuil, 1979, p. 42-43.

13. Et en Ecuador aussi : « Le don d'amour est grand mais que son objet est monotone, et de peu de surprise » (*E*, p. 79).

14. Mallarmé, *Proses diverses*, in *Œuvres complètes*, Paris, Gallimard, « Bibl. de la Pléiade », 1945, p. 661.

15. Cette expression clé, dérision du code biblique, parcourt une œuvre qui est tout entière insurrection contre la généalogie et l'ascendance : « Et pareillement font les fils de fils, et pareillement les petits-fils des fils » (*QJF*, p. 22). « J'ai vécu contre mon père (et contre ma mère et contre mon grand-père, ma grand-mère, mes arrière-grands-parents) » (*Plume*, Gallimard, 1963, p. 215). « Nouvel esclavage pour ces inguérissables fils de fils » (*Poteaux d'angle*, Gallimard, 1981, p. 30). Un poème de *Qui je fus* s'intitule « ... Et on fait des enfants » (*QJF*, p. 66).

16. Verlaine, *Les Hommes d'aujourd'hui*, Paris, Léon Vanier, 1886 ; in *Œuvres complètes*, Paris, Gallimard, « Bibl. de la Pléiade », p. 791-795. On y trouve l'expression « hauts fonctionnaires » *(grandes personnes ?)*. Dans l'édition originale, un portrait de M. Luque représentait Mallarmé en faune nimbé et la flûte de Pan entre les mains. La lettre de Mallarmé à Verlaine parut en 1924 (Paris, Albert Messein) : cf. Mallarmé, *op. cit.*, p. 661-665.

17. Mallarmé, « La gloire », *Poèmes en prose*, in *Œuvres complètes, op. cit.*, p. 288-289.

18. Mallarmé, « Manet », *ibid.*, p. 532-533.

19. Le mot du texte, comme le nom du père, suscite un mouvement de révolte verticale : « J'ai, plus d'une fois, senti en moi des "passages " de mon père. Aussitôt je me cabrais » (*Plume*, p. 216).

20. Voir à ce sujet Karleheinz Stierle, « Réception et fiction », *Poétique*, 39, 1979, p. 299-320.

21. Mallarmé, *Œuvres complètes, op. cit.*, p. 379.

22. *Ibid.*, p. 381.

23. Eluard et Ernst, *Les Malheurs des immortels* (1922), *in* Eluard, *Œuvres complètes*, Paris, Gallimard, « Bibl. de la Pléiade », p. 133 : « ... et leurs enfants à la chevelure intacte jouent avec les débris des dernières lectures ».

24. Ainsi le scripteur-lecteur de *Qui je fus* dépeçait le texte de son double : « biffant [...] des mots à la volée, car il en est que je ne puis voir sans sauter des deux pieds » (*QJF*, p. 10).

25. Jean-Michel Olivier métaphorise ainsi le travail intertextuel chez Lautréamont (*Lautréamont. Le texte du vampire*, Lausanne, L'Age d'Homme, 1981, p. 116).

26. J'emprunte ce terme, ainsi que celui d'autotexte, à Lucien Dällenbach, « Intertexte et autotexte », *Poétique*, 27, 1976, p. 283.

27. Cette expression, biffée dans la nouvelle édition, clôturait la première page de l'édition originale du journal : « Je n'ai écrit que ce peu qui précède et déjà je tue ce voyage. Je le croyais si grand. Non, il fera des pages, c'est tout, son urine quotidienne » (*Ecuador*, Paris, Gallimard, 1929, p. 11).

28. Voir à ce sujet Deleuze/Guattari, *Mille Plateaux*, Paris, Éd. de Minuit, 1980, p. 381-433.

29. Mallarmé, *Œuvres complètes, op. cit.*, p. 368.

30. Michaux, *Les Rêves et la Jambe*, Anvers, Éd. Ça ira, 1923, p. 7.

31. Valéry, *Tel quel*, éd. citée, p. 677.

32. Michelet, *La Mer*, Paris, Gallimard, « Folio », 1983, p. 192.

33. Dans une lettre citée par F. Hellens, *Style et Caractère*, Bruxelles, La Renaissance du livre, 1956, p. 165. Le même Hellens décrit Michaux, en 1929, « curieux de science positive, faisant ses meilleures lectures, les seules peut-être, des livres de médecine, de psychologie, de sciences naturelles... » (Hellens, « Lettre de Belgique », *La Revue européenne*, 1er novembre 1929, p. 472).

34. Cette expression apparaît dans un poème de Michaux écrit sous l'effet du chanvre ; il y est fait plusieurs fois référence aux difficultés de la lecture (*Connaissance par les gouffres*, Paris, Gallimard, 1967, p. 111).

35. Michel Butor, *Improvisations sur Flaubert*, Paris, Presses Pocket, p. 32.

36. « Écho », in « A travers l'infini plausible », *Les Cahiers du Sud*, 80, 1926, p. 434.

37. Ne nous étonnons pas d'une complicité entre l'imaginaire michaudien, « gong et ouate », et cet « écumeur de mer » que Michelet nous décrit ainsi : « Le suceur du monde mou, gélatineux, l'est lui-même [...]. Manquant d'armure défensive, sous son ronflement menaçant, il n'en est pas moins inquiet; sa sûreté, c'est d'attaquer. Il regarde toute créature comme un ennemi possible. Il lui lance à tout hasard ses longs bras, ou plutôt ses fouets armés de ventouses. Il lui lance, avant tout combat, ses effluves paralysantes, engourdissantes, un magnétisme qui dispense du combat » (Michelet, *op. cit.*, p. 177-178). Une des premières œuvres picturales de Michaux, datant de 1926, est une huile intitulée *Un poulpe ou une ville*. Dans « Dessins commentés » (*NR*, p. 43), un « poulpe devenu homme avec ses yeux trop profonds » rappelle le poulpe « au regard de soie » de Lautréamont, qui commande à « un sérail de quatre cents ventouses ».

38. « En ville », précisait la notule datée du journal, précédant la « mauvaise » lecture. Coïncidence? D'ordinaire, les lieux sont précisés. A Quito, l' « étouffement même » (*E*, p. 83), la haine de la ville et la haine du livre semblent trouver un terrain commun d'élection : « Villes, architectures, que je vous hais! » (*E*, p. 81.)

39. Abbé Batteux, *Principes de littérature*, nouvelle édition, Avignon, F. Chambeau, 1809, t. IV, p. 187-188.

40. Valéry, *Tel quel*, éd. citée, p. 629.

41. Montaigne, *Essais*, Paris, Classiques Garnier, 1962, t. II, livre III, chap. v, p. 302.

42. Saint Joseph de Cupertino « savait à peine lire »; lisant « un passage du bréviaire », il supprime un mot – le nom des parents de sainte Catherine de Sienne – et, malgré les relectures, « ne voit pas les mots qu'on lui ordonne de voir ». Mais cette impuissance est un pouvoir de changer le texte : « Or, quelque temps après, la congrégation des Rites supprimait ce mot. » Voir Ernest Hello, *Physionomies de saints*, Paris, Librairie académique Perrin, 1927, p. 327.

43. Voir « Hommage à Franz Hellens », *Le Dernier Disque vert*, Paris, Albin Michel, 1957, p. 299.

44. Gérard Genette, *Palimpsestes*, Paris, Éd. du Seuil, 1982, p. 433-434.

45. Denis Roche, *Le Mécrit*, Paris, Éd. du Seuil, p. 139.

46. Michaux, *Émergences-Résurgences*, Paris, Flammarion, « Champs », 1987, p. 16-17.

Anthony Wall

La parole mystique est un prétexte

« Une mémoire démentielle » de Louis-René des Forêts

Auteur du roman provocant *Le Bavard*, Louis-René des Forêts commence à être connu pour ce qu'on pourrait appeler son « bavardage littéraire ». Des Forêts écrit sur le bavardage malgré le silence de sa personne réelle. Le bavardage, comme le discours mystique, est un langage sans objet. Mais c'est aussi un discours qui multiplie sans arrêt ses objets, de sorte que son objet se perd dans la multiplicité.

L'objet du discours bavard semble parfois infiniment expansible parce qu'il est avant tout relié à une tension fort chargée entre les tentatives de la mémoire de retenir tout ce qui se dit et la frustration du silence devant l'impuissance à tout dire. C'est en cela qu'il y a un lien indissoluble entre silence, discours mystique et mémoire. Pour résumer brièvement ce que je cherche à montrer ici, et pour alléger de beaucoup la tâche de toute personne qui veut me suivre dans cette démonstration, je dirai que ce que ces trois éléments – le silence, le discours mystique et la mémoire – ont en commun est littéralement *rien*, un rien pourtant fort signifiant. Tout comme celui qui pratique les discours bavards et mystiques, je cherche à parler d'un rien.

I

L'importance d'un tel rien, dominé qu'il est par la mémoire, réside dans sa capacité de fonctionner à la place d'une origine. Ovide, dans les *Métamorphoses*, n'était pas seul parmi les poètes de l'Antiquité à chanter *Mnemosyne mater musarum*. La mémoire est la mère des muses : une telle conception pose des problèmes difficiles et lourds de conséquences pour nous qui nous mettons à parler d'une nouvelle, celle de Des Forêts – qui, elle, parle de la tentative d'un littérateur agonisant en train de se rappeler en détail deux de ses rêves d'enfance les plus chers : celui qui le voit voué au silence et celui où il se voit commettre le meurtre de son professeur-prêtre.

Je ne résiste pas à la tentation de m'attarder sur ce rêve du silence. Un des noyaux de cette histoire réside dans la volonté têtue d'un jeune garçon qui refuse de parler. Or, comme il s'agit pour le héros de se rappeler toutes les conséquences reliées à ce même vœu de se taire, cela veut dire en fait que le narrateur, se souvenant « de l'enfant qu'il fut [1] », doit par la suite se souvenir également de l'acte problématique, et négatif, de ne rien dire. Il doit se rappeler un trou. Et, dès lors, nous ne sommes pas loin du domaine peu sûr de la prétérition, « procédé stylistique par lequel on affirme ne pas vouloir parler d'une chose dont on parle néanmoins par ce même moyen » (*Lexis*).

La prétérition de quelqu'un qui dit : « Je n'ai pas à vous rappeler que... » est le tour rhétorique le plus apte à illustrer le côté paradoxal de toute décision de se taire. Comment puis-je savoir que vous voulez vous taire si vous ne me le dites pas? Vous êtes peut-être seulement en train de somnoler, en train de rêver – vous êtes peut-être seulement un peu fâché contre moi. Comment puis-je vous pousser à me dire explicitement que vous ne me parlerez plus sans que cette dernière déclaration se retourne contre vous pour défaire le projet de silence que vous vouliez m'imposer?

La mystique est sans doute la science du langage qui a pour but de nous enseigner à parler de ce qui n'a pas de nom et à parler de cet objet sans en même temps violer ce dont nous voulons parler. La mystique veut nous faire comprendre – et ceci est également vrai quand elle se présente dans ses avatars modernes – qu'il y a des présences qui « excède[nt] les signes » et que nous avons parfois besoin d'évoquer « dans nos phrases l'eau qui coule de toute part à travers les choses vivantes » [2]. Nous comprenons en tout cas que nous ne sommes nullement obligés de nous initier intégralement au mysticisme pour croire qu'il y a des circonstances qui nous interdisent de dire certaines choses ou de poser certaines questions. Car ces choses et ces questions peuvent, elles aussi, se faire appeler des « objets mystiques » dans la mesure où nous pouvons croire, avec Wittgenstein, qu' « il y a assurément de l'exprimable. Celui-ci se *montre*, il est l'élément mystique [3] ».

Les enfants sont bien doués pour tomber sur ce genre d'indicible pragmatique [4]. Ils nous posent constamment des questions auxquelles il est littéralement impossible de répondre, même s'ils insistent pour avoir une réponse explicite. Je donne deux exemples de ce genre d'impossibilité :

1) « Dors-tu? » (Question posée à un parent caché dans son lit à 8 heures du matin le samedi.)

2) « M'aimes-tu? » (Question posée entre deux adolescents. Il y a ici un indicible pragmatique parce que l'amour [en Amérique du Nord du moins] est censé être quelque chose de spontané. Si je suis obligé de trouver une réponse à cette question, je montre par là que je ne suis pas spontanément amoureux – « Tu ne me dis plus que tu m'aimes. » C'est un peu comme l'expression du désir que vous veniez me voir encore une fois ce soir, non pas par obligation, mais parce que vous avez réellement envie de me revoir, une envie sincère qui devrait se déclarer toute seule.)

Il est impossible de répondre à ce genre de questions parce qu'elles ne veulent pas de réponse. Elles refusent leur propre réponse car celle-ci signale la fin du jeu constitué par la question ; elle enlève toute supériorité pragmatique permise à la personne qui pose une question aussi habile, si jamais on trouve à y répondre. Il s'agit là du genre de question qu'aimait poser le Sphinx [5]. Une telle question se pose non pas pour que vous me disiez la bonne réponse, mais plutôt pour vous mettre dans une situation impossible. Quand je vous pose une telle question, ce ne sont pas des informations que je sollicite. Il faut dire avec Maurice Blanchot qu' « une telle question n'est *jamais* globalement pour le savoir [6] ».

II

J'évoque ici ces espèces courantes d'impossible langagier, ce genre d'indicible et d'infaisable, car je crois qu'elles sont intimement liées à tout ce qui est en train de se dérouler dans la nouvelle « Une mémoire démentielle ». « Quand la prudence aurait été de se laisser oublier », nous dit le narrateur de la nouvelle [7], ce dernier insiste pour inventer toutes sortes de raisons de montrer que sa magnifique tentative de se taire est « digne d'être sauvée de l'oubli [8] ». Ce qui reste digne d'être retenu, c'est précisément le fait, tout à fait extraordinaire, que le narrateur aurait réussi, malgré la nature volubile des enfants, à ne pas prononcer un seul mot pendant plusieurs mois. Ce narrateur, vieux maintenant et à l'article de la mort, se livre à un exercice morbide d'hypermnésie où sa mémoire, excitée par l'idée de bientôt expirer, passe en revue les événements les plus marquants de sa vie. Chose curieuse, ce que trouve la mémoire du narrateur, ce sont des trous : il revoit son projet de se taire et son rêve de tuer un prêtre.

En d'autres mots, cet agonisant rêve doublement d'une absence quand il rêve d'un rêve : « S'il voit aujourd'hui *comme s'il y était* ce qu'il ne vit jamais qu'en rêve, c'est qu'il est la proie envoûtée et docile d'un train d'images irrécusables [9]. » Dans cette suite interminable de détails et de trous, d'intentions imaginées et d'omissions, le rêve se perpétue tandis que la « mémoire récuse [10] ». Car cette mémoire démentielle respecte la définition deleuzienne de la subjectivité, la subjectivité étant ce qui enlève [11] – c'est le principe selon lequel la mémoire est toujours en train de sélectionner. La mémoire est ici ce qui veut protéger le rêve dans son intégralité. Pour dire les choses autrement, elle ne fonctionne plus comme un surmoi protégeant la réalité de toute modification résultant d'un possible désir inconscient, mais elle cherche plutôt à protéger le rêve qu'il berce de toutes les « horreurs » de l'extérieur qui pourraient « contaminer » [12] son rêve. Le narrateur parle encore « de ce rêve dont les années n'ont pas brouillé le souvenir [13] ».

C'est dans ce sens précis que le discours superposé du narrateur – discours qui se hisse au-dessus du drame du garçon – préserve et répète un rêve qui autrement risquerait de disparaître. Dans cette mesure aussi, nous ne sommes plus obligés de partager la plainte de Maurice Blanchot dans *L'Entretien infini*, qui dénonce le langage immanquablement « agencé pour révéler en ce qui " est " non ce qui disparaît, mais ce qui toujours subsiste [14] ». Nous pouvons dès lors dire que le langage de Des Forêts relève d'un type langagier autre, que nous appellerons le « bavardage ». Bavarder est une activité langagière sans objet, et « Une mémoire démentielle » est également un discours sans objet parce que le narrateur insiste pour parler d'un rêve, de ce qui doit disparaître s'il n'en parle plus [15].

Il est naturellement permis de se demander ce que peut vouloir dire au juste cet acte problématique de rêver d'un rêve? Cette activité mentale se rapproche de celle de se rappeler l'acte de se souvenir de quelque chose. Dans ce champ très flou d'actes mentaux en train de se superposer les uns aux autres, nous ne serions certainement pas trop loin de quelque chose d'apparemment plus pervers comme *oublier l'oubli*. Mais est-ce vraiment plus pervers? L'oubli le plus profond est celui qui non seulement est capable d'oblitérer son objet, mais qui, de plus, est à même d'oblitérer toute trace de l'acte même d'oublier. Mon oubli de mon rendez-vous avec mon amie la plus proche s'aggrave considérablement quand j'oublie ensuite – ou en même temps – que j'avais oublié quelque chose d'extrêmement important, quelque chose que j'aurais dû me rappeler *spontanément*. C'est que l'oubli, comme le bavardage – et comme le souvenir –, peut se dédoubler. Ils peuvent tous parler d'eux-mêmes.

III

« Une mémoire démentielle » mélange constamment ces trois modes sémiotiques du souvenir, de l'oubli et du bavardage. Normalement, nous aimons les séparer, car me rappeler ce que je n'aurais pas dû oublier, par exemple, ou bavarder à propos de ce que d'autres personnes auraient voulu oublier, voilà deux actes verbaux mélangés qui peuvent s'avérer fort gênants. Dans la nouvelle de Des Forêts, il s'ajoute à ce mélange ennuyeux, justement pour complexifier un peu plus les choses, semblerait-il, une autre modalité, celle du *vouloir* [16]. Il est maintenant non seulement question de vouloir oublier (« S'il se souvient parfois qu'une valise alourdissait sa démarche, il écarte ce détail importun [17] »), il est non seulement question de vouloir se rappeler –

> son travail ne consistait pas à relater [son expérience], mais à justifier cette relation ; non à en fixer par les mots la matière périssable, mais à inventer des raisons pour qu'elle fût digne d'être sauvée de l'oubli [18]

– mais il est avant tout question de vouloir oublier qu'il s'agit en fait d'un rêve : « Parfois il réussit à oublier que ce fut en rêve [19]. »

A de nombreuses reprises où le texte affiche ouvertement sa volonté d'oublier, nous nous retrouvons assez vite dans une temporalité curieuse où règne ce vouloir mystique *(volo)* qui gouverne un présent tout à fait autre par rapport au présent se déroulant calmement selon la linéarité la plus stricte. Cette présence révèle son lieu de production, révèle son propre vouloir, et c'est en cela que cette nouvelle de Des Forêts relève de la fiction [20] : « la fiction est reconnaissable là où il n'y a pas un lieu propre, c'est-à-dire là où de l'autre s'insinue dans la place [du sujet de la connaissance] [21] ». Ce lieu n'est aucunement stable [22] : bien au contraire, comme dit le texte, « sa tâche est de faire du passé un présent perpétuel, son destin – et sa malédiction – de revivre jusqu'à la folie ce qui une fois, et une seule fois, fut vécu [23] ». Nous sommes ici en présence d'une temporalité en mouvance infinie : il est peut-être, comme le suggère Serge Canadas, question de la temporalité envoûtante de la musique partout présente dans l'œuvre de Des Forêts [24]. Toujours est-il que le même moule se reproduit infiniment dans un cadre fluctuant où « le réemploi a pour but de montrer que la séquence se répète dans une actualité [25] ». Cette répétition est le signe d'un commencement qui doit constamment se faire renouveler; elle est même signe de l'absence d'un commencement, dans la mesure où chaque reprise ne mène le plus souvent nulle part ailleurs que vers un nouveau début. Et c'est pour cette raison que nous avons parlé de bavardage [26] quand nous avons voulu parler de discours mystique. Le bavardage est plus qu'une accumulation de « ratiocinations qui ont l'air de renaître sans cesse d'elles-mêmes [27] » : c'est une suite infinie de départs où l'oubli est nécessaire dès le début. Je bavarde tant et si souvent que j'oublie que je vous avais déjà parlé – et plusieurs fois – de ce dont je vous entretiens en ce moment. Bavarder est un parler sans objet, mais vous êtes devenu, de par mon bavardage, un objet d'un tout autre ordre. Vous aussi, quand je suis en train de bavarder, je pourrais vous faire remplacer infiniment, comme des objets de consommation sans valeur. Quand il s'agit de bavardage, il faut comprendre que la gravité du phénomène langagier va plus loin que créer une situation où « les objets de désir sont interchangeables [28] ». Ce qu'il faut souligner dans ce contexte, c'est moins l'objectification des objets problématiques et parfois inexistants du discours que celle de la personne à qui s'adresse ce même discours. Peu importe à qui je destine mon bavardage, pourvu qu'il y ait quelqu'un, voire quelque chose, à qui m'adresser. Chez le bavard, il s'agit moins d'ipséité, comme semble le suggérer Dominique Rabaté [29], que d'une perversion signifiante de la relation à autrui. C'est moins le silence de l'enfant qui nous importe ici que le geste désespéré de l'adulte qui veut reproduire ce vœu de silence dans son écriture.

Avec Des Forêts, nous entrons dans le monde du buveur de la troisième planète que visite le petit prince de Saint-Exupéry :

> – Pourquoi bois-tu?
> – Pour oublier, répondit le buveur.
> – Pour oublier quoi? s'enquit le petit prince qui déjà le plaignait.
> – Pour oublier que j'ai honte, avoua le buveur en baissant la tête.
> – Honte de quoi? s'informa le petit prince qui désirait le secourir.
> – Honte de boire! acheva le buveur qui s'enferma définitivement dans le silence [30].

Ce qui est triste chez ce buveur, c'est qu'il ne peut vraiment pas oublier, sinon il aura soif. C'est le fait de se rappeler, non pas celui d'oublier, qui fait fonctionner cette machine sémantique efficace. Boire va finir par tuer ce pauvre buveur – et, de ce point de vue, il ressemble au bavard qui parle pour ne pas disparaître, même si la fatigue de trop parler, et de parler pendant trop longtemps, va finir, en raison d'un excès d'efforts soutenus, par le faire taire. Se rappeler trop intensément, voilà ce qui destine quelqu'un à « user ses souvenirs » comme le fait le narrateur de la nouvelle de Des Forêts [31]. Roger Laporte s'est exprimé récemment de la même manière quand il a écrit ceci :

> Exposer les raisons de mon mal me fera souffrir davantage, mais je ne puis me passer de cet exposé, même si cela me lasse d'avoir à redire, inévitablement en moins bien, ce que j'ai déjà dit [32].

De là à dire que se rappeler, c'est perdre le souvenir qu'on cherchait à retrouver, il n'y a qu'un pas. Le fait de parler du silence détruit le silence ; se rappeler un souvenir, c'est se résigner à le voir s'altérer. En voulant vous rappeler, vous détruisez la nature intouchée de vos souvenirs que vous ne retrouverez plus. Vous voulez vous les rappeler, mais vous les avez déjà transformés avec votre vouloir.

IV

Le problème ici, et je pense que la nouvelle de Des Forêts est tout à fait exemplaire à cet égard, est dans la modalité du *vouloir*. Vous ne pouvez pas plus *vouloir* oublier quelque chose que vous ne pouvez vouloir vous le rappeler. Pensons à la mendiante énigmatique de Marguerite Duras dans, par exemple, *India Song* ou *Le Vice-Consul* : à force d'avoir tant « cherché à se perdre en somme depuis le commencement de sa vie [33] », elle ne fait que vivre dans son corps et sa personne le passé qu'elle voulait laisser derrière elle. Elle est la mémoire sans volonté qui ne cesse de témoigner au lieu de s'effacer.

Le mode du souvenir et celui du bavardage sont deux activités intimement liées, mais en même temps intrinsèquement distinctes l'une de l'autre. Cette donnée se complique dès que nous entrons dans le mode du *vouloir se rappeler*, qui, dans une nouvelle comme celle de Des Forêts, a pour but de traduire en forme langagière l'expérience irrécupérable d'un événement du passé. Nous pouvons prendre à ce sujet les propos de Georges-Emmanuel Clancier :

> Dans ses récits, Louis-René des Forêts s'est employé à dénoncer avec un génie d'une rare violence, sous l'apparente patience de l'art, divers mots d'une imposture tragique. Imposture de qui, dévoré par la faim de l'absolu, par la faim d'une authenticité sans faille de l'être et de sa parole, se trouve réduit à ne saisir

> (et à n'offrir) que la caricature, la parodie dérisoire de ce dont il rêvait. [...] C'est enfin l'imposture d'un meurtre qui ne fut qu'onirique, celle aussi de la tentation « maniaque » « pour formuler ce qui est ineffable » d' « Une mémoire démentielle » [34].

Quand nous parlons de l'acte de se souvenir, il faut comprendre que la mémoire est un appareil sémiotique hiérarchisé qui se scinde en deux instances [35] : celle du discours récupérant et celle du discours à récupérer. Ce second discours, celui que nous voulons retrouver, est en fait déjà *autre* par rapport au métadiscours de la mémoire qui trie et qui cherche. « Hétérogène langagier et mémoire ont partie liée », écrit Régine Robin dans son *Roman mémoriel* [36]. Il y a une distance nécessaire à l'acte de se rappeler, ce qui dès le départ conteste toute possibilité d'une union mystique entre ces deux instances de la mémoire, car, comme l'explique encore Certeau, le discours écrit qui cite le discours de l'autre ne peut être le discours de l'autre, étant donné que celui-ci est transformé par l'acte de l'écriture qui autorise celui-là [37]. Il faut se demander si notre rapport avec notre propre passé peut être autre chose qu'une semblable relation de maîtrise [38]. Est-il possible de raconter notre passé sans le dominer? Relisons ce qu'écrit Des Forêts dans sa nouvelle. Le vieux narrateur parle de ses jeunes camarades qui voulaient l'obliger à enfreindre son vœu de silence :

> [...] les visages hostiles, s'il continue à les percevoir, c'est à la manière d'un rescapé qui, du pinacle sur lequel il s'est astucieusement hissé, et désormais hors d'atteinte, peut observer en une vision panoramique la troupe de ses ennemis impuissants à l'en déloger [...] [39].

La personne qui se souvient est une personne scindée. Dès le début de la nouvelle, le narrateur dit qu'il « cherche à voir jouer le seul enfant que sa mémoire ne saurait lui restituer, faute de l'avoir vu, faute d'avoir entendu sa voix comme il a entendu, comme il peut encore entendre à volonté, les voix de ceux dont il n'a oublié que les noms [40] ». Nous sommes de pauvres êtres et, tels les enfants incapables de marcher et de parler en même temps, nous sommes destinés à rester dans les confins de ce que le psychanalyste Xavier Audouard appelle la « mystique de la serpillière » :

> [...] quand on passe la serpillière sur le carrelage de la maison (cela vaut mieux, pour les psychanalystes, que de faire des mots croisés, comme le souhaitait Lacan), il est rare qu'on ait un souffle assez soutenu pour tenir en même temps un long discours – et même pour faire une prière [41].

En ce qui concerne la nouvelle de Des Forêts, nous sommes en présence d'un personnage énigmatique qui ne fait que se rappeler à l'aide d'un bavardage efficace. Il est entièrement occupé par le discours de ses souvenirs qui l'emprisonnent. Si ce narrateur signifie quoi que ce soit, c'est précisément sa mémoire qui est la source de ce qu'il dit. Cette mémoire s'accapare toute parole.

La mémoire est bien plus la source de tout ce que nous raconte ce vieux narrateur que l'histoire n'est la source de la mémoire. C'est plutôt cette même mémoire qui se donne comme origine de tout ce qu'est la personne qui raconte son passé avant de mourir. Et la mémoire est aussi autre chose qu'une simple source parmi d'autres : d'aucuns disent qu'elle serait l'origine par excellence. Saint Augustin croyait que si l'on « creuse assez profond dans la mémoire, on y trouve Dieu [42] ». Augustin croit en Dieu comme en l'origine de toute signification et de toute créature.

Mais notre origine n'est peut-être pas sacrée ; elle est peut-être dans l'éternelle reprise et l'oubli du discours du bavardage. De même que nous ne pouvons rejoindre cette origine, de même nous ne savons nous raconter, nous ne savons nous rappeler notre propre fin, qui est celle de la mort de notre bavardage. En cela nous baignons dans une modernité incapable de vivre la mémoire comme le faisait Augustin :

> Si la pensée du temps, quelle qu'en soit la forme, est le fait d'êtres capables de concevoir leur propre mort, la postmodernité semble liée à l'incapacité de représenter la mort dans le monde industriel tardif. Le postmodernisme, dans son manque de sens de l'histoire, paraît vouloir nier la mort [43].

Je dirais que l'homme moderne, tel le narrateur de Des Forêts, ne trouvera pas Dieu au fond de ses souvenirs ; il trouvera plutôt l'usure et la mort. Il faut vivre la mémoire, non pas la creuser, en premier lieu parce que la mémoire est une faculté dont les tâches sont impossibles à accomplir. Tout se passe « comme si, au lieu d'avoir une mémoire, il s'agissait de l'*être* [44] ». S'il faut vivre la mémoire, nous n'oublions pas pour autant qu'il est impossible de vouloir se souvenir : c'est ce besoin foncier de conjuguer la mémoire et sa propre impossibilité qui fait de nous des êtres osant se dire des individus.

Je conclus ces propos trop décousus. Vouloir oublier est impossible : le fait de vouloir oublier vous rappelle précisément ce que vous voulez oublier. Inversement, et peut-être perversement, vouloir se rappeler est aussi impossible, même si cela est nécessaire, même si sans la mémoire il n'y a pas de muse. Sommes-nous véritablement des créatures pascaliennes qui ne peuvent se rappeler que par l'habitude ? Le narrateur nous parle de « ces mots qu'il répète indéfiniment comme s'ils devaient lui infuser l'oubli total de ce qui va suivre [45] ». Disons plutôt que nous sommes nous-mêmes nés dans un grand oubli. Je cite encore une fois Michel de Certeau : le « je » que nous sommes est « ce que la langue " oublie " toujours, et ce qui la fait oublier au locuteur. Dire *volo*, ouvrir cette place du sujet, c'est entrer dans l'oubli. Le sujet est l'*oubli* de ce que la langue articule [46] ». Le narrateur de Des Forêts veut retenir son rêve en se le répétant infiniment jusqu'à la mort, s'obligeant par là non seulement à se rappeler, mais aussi à oublier ce qui ne lui en convient pas. Les seuls événements qui restent intacts dans la mémoire sont ceux que nous avons oublié de nous rappeler. Mais à ce moment-là nous ne serions plus dans le domaine du souvenir. Car le souvenir est un événement, et aucun événement n'est intemporel. Toute temporalité laisse derrière elle une trace.

The University of Calgary

NOTES

1. Louis-René des Forêts, « Une mémoire démentielle », *La Chambre des enfants*, Paris, Gallimard, 1960, p. 187-188.
2. Yves Bonnefoy, « Une écriture de notre temps. Louis-René des Forêts », *La Nouvelle Revue française*, 405, 1986, p. 47.
3. Ludwig Wittgenstein, *Tractatus logico-philosophicus*, Paris, Gallimard, 1961, § 6.522, p. 175. Nous ne saurions en quelques lignes faire honneur à ce grand problème chez Wittgenstein. Renvoyons pour le moment à Gabriele Goslich, « Das " Mystische " bei Wittgenstein », *Philosophisches Jahrbuch*, 98, 1, 1991, p. 34-47.
4. Les enfants revêtent une grande importance dans la fiction de Des Forêts. Ces êtres *infantes*, sans langage, semblent de prime abord contredire un projet d'écriture qui baigne dans le bavardage. Ce n'est qu'un leurre : nous pourrions dire au contraire que les enfants ne savent souvent pas parler comme il faut dans la mesure où ils ne savent pas arrêter de parler. Dans cette mesure aussi, il n'est pas tout à fait juste de prétendre que « le mutisme des enfants représente une répudiation du bavardage » (Ora Avni, « Silence, vérité et lecture dans l'œuvre de Louis-René des Forêts », *Modern Language Notes*, 102, 4, 1987, p. 893).
5. En tant que figure mythique du pouvoir de l'inconnu, le Sphinx se laisse facilement décrire par l'analyse de la pensée mythologique présentée naguère par Theodor Adorno et Max Horkheimer : « Car le droit des figures mythiques, qui est celui du plus fort, ne vit que de l'impossibilité d'accomplir leurs préceptes. S'ils reçoivent satisfaction, elles sont anéanties jusqu'à la plus lointaine postérité » (Horkheimer et Adorno, *La Dialectique de la raison*, Paris, Gallimard, 1983, p. 73).
6. Maurice Blanchot, *L'Entretien infini*, Paris, Gallimard, 1969, p. 372.
7. Des Forêts, p. 191.
8. *Ibid.*, p. 221.
9. *Ibid.*, p. 209.
10. *Ibid.*, p. 211.
11. « Ce qui est une manière de définir le premier moment matériel de la subjectivité : elle est soustractive, elle soustrait de la chose ce qui ne l'intéresse pas. » (Gilles Deleuze, *L'Image-Mouvement*, Paris, Éd. de Minuit, 1983, p. 93.)
12. Des Forêts, p. 210.
13. *Ibid.*, p. 211.
14. Blanchot, *op. cit.*, p. 47.
15. Tout bavard, pure créature de la parole, fait face à la mort si jamais il cesse de parler. Voir mon « Au-delà du langage, c'est la mort d'un *Bavard* », *Études littéraires*, 22, 2, 1989, p. 137-153. Dans la nouvelle « Une mémoire démentielle », nous lisons ceci : « Tourmenté par le déclin de sa mémoire, hanté par la menace d'une mort inéluctable, il a voulu, pour assurer la pérennité, rendre sa nostalgie communicable à autrui ; pour autrui il a tenté ici de la décrire. [...] Sa tâche l'absorba tout entier au point qu'il en oublia ce qui l'avait motivée : il en fit une fin, non l'instrument d'une fin » (p. 220). De tels bavards ressemblent aux figures mythiques des enfers dont parlent Adorno et Horkheimer, figures qui, tel Sisyphe, sont condamnées à se répéter : « Chaque figure mythique est tenue de refaire toujours la même chose. Chacune est une figure de répétition : son échec signifierait sa fin » (Max Horkheimer et Theodor W. Adorno, *op. cit.*, p. 71).

16. Il sera question plus loin du *volo* du langage mystique qu'analyse Michel de Certeau à partir de l'écriture de Maître Eckhart.

17. Des Forêts, p. 216-217.

18. *Ibid.*, p. 221.

19. *Ibid.*, p. 217.

20. « [...] par " fiction ", on entend le texte qui déclare son rapport avec le lieu singulier de sa production » (Michel de Certeau, *Histoire et Psychanalyse entre science et fiction*, Paris, Gallimard, « Folio Essais », 1987, p. 101).

21. Michel de Certeau, *op. cit.*, p. 94. Nous ajoutons le syntagme entre crochets pour respecter le sens du texte anglais préparé par Certeau dans son *Heterologies*, Minneapolis, University of Minnesota Press, 1986, p. 219.

22. Malgré Bonnefoy, qui dit de l'écriture de Des Forêts qu'il s'agit d' « une fiction qu'on peut dire stable » (art. cité, p. 6).

23. Des Forêts, p. 190. Disons en passant qu'« Une mémoire démentielle » est un texte très riche pour une utilisation intéressante de la distinction singulatif / itératif proposée par Gérard Genette dans son *Figures III* (Paris, Éd. du Seuil, 1972, p. 145-178). L'instabilité de ce lieu de la fiction dérive sans doute d'un conflit tendu entre ces deux modes de la fréquence.

24. « La musique au contraire est l'immédiat rendu sensible, elle est l'art " temporel " par excellence. Son lien originel avec la transe et la possession se rappelle dans la joie avec laquelle nous éprouvons dans le chant le recueillement incessant de l'Unique. L'emprise de la musique dans l'œuvre de Louis-René des Forêts s'affirme dans ce pouvoir d'unifier ce que le discours dissocie : l'immédiat et la répétition, le retour à l'Un par le rythme. L'Un est lié au chant, et ne peut exister en dehors de lui » (Serge Canadas, « L.-R. des Forêts : l'inabordable question », *Critique*, 422, 1984, p. 233).

25. Michel de Certeau, *La Fable mystique*, Paris, Gallimard, 1982, p. 252. Un tel propos contredit ce que dit Luce Irigaray au sujet de l'énoncé spéculaire qui, par principe, serait sans temporalité (voir son *Parler n'est jamais neutre*, Paris, Éd. de Minuit, 1985, p. 26). Pour cette raison, il ne semble pas juste, surtout étant donné ce mouvement étonnamment fébrile, de dire que « le regard rétrospectif abolit tout présent » (Dominique Rabaté, « L'impossible mémoire de Louis-René des Forêts », *Poétique*, 61, 1985, p. 91).

26. Nous donnons la phrase suivante comme exemple performatif du bavardage dans la nouvelle : « Comme il eût peut-être fini par user ses souvenirs à force de les vivre sans cesse, il finit par les ensevelir sous une extricable profusion verbale ; il accumula des détails superflus à propos de menues circonstances (mais ailleurs il pratiqua quelques excisions malhonnêtes), négligea ou défigura certains épisodes décisifs, tomba maintes fois dans l'incohérence ou la tautologie, abusa des artifices rhétoriques pour dissimuler les insuffisances de sa rédaction, substitua des conjectures hasardeuses, des gloses sophistiquées ou d'impures envolées lyriques à ce que lui refusait trop souvent sa mémoire défaillante – à ce qui obéit à une intention esthétique plutôt qu'à un souci de vérité » (Des Forêts, p. 221-222).

27. Claude Bouche, « Un bavard entre deux discours », *Marche romane*, 21, 1-2, 1971, p. 137.

28. Avni, art. cité, p. 883.

29. Rabaté, art. cité, p. 92. Le personnage de Des Forêts semble donc fournir un exemple parfait de narcissisme tel qu'analysé par Clément Rosset, c'est-à-dire d'un personnage moins pris par lui-même que par sa propre incapacité à entretenir la moindre relation sérieuse avec ce qui lui est extérieur. Voir à ce propos Clément Rosset, *Le Réel. Traité de l'idiotie*, Paris, Éd. de Minuit, 1977, p. 111-112.

30. Antoine de Saint-Exupéry, *Le Petit Prince*, New York, Harcourt, Brace & World, Inc., 1973, p. 50-52.

31. Des Forêts, p. 221.

32. Roger Laporte, *Lettre à personne*, Paris, Plon, 1989, p. 20.

33. Marguerite Duras, *India Song*, Paris, Gallimard, 1973, p. 135.

34. Georges-Emmanuel Clancier, *Dans l'aventure du langage*, Paris, PUF, 1987, p. 158-159.

35. Notre conception de la mémoire est de toute évidence fortement influencée par celle d'Henri Bergson. Nous donnons le passage suivant de sa *Matière et Mémoire* : « nous avons essayé d'établir que la reconnaissance ne se faisait pas du tout par un réveil mécanique de souvenirs assoupis dans le cerveau. Elle implique, au contraire, une tension plus ou moins haute de la conscience, qui va chercher dans la mémoire pure les souvenirs purs, pour les matérialiser progressivement au contact de la perception présente » (Bergson, *Matière et Mémoire*, Paris, PUF, 1939, p. 268).

36. Régine Robin, *Le Roman mémoriel*, Montréal, Éd. du Préambule, 1989, p. 169.

37. Michel de Certeau, « Le Lieu et l'autre Montaigne : " Des cannibales " », *in* Maurice Olender (éd.), *Le Racisme : mythes et sciences. Pour Léon Poliakov*, Bruxelles, Complexe, 1981, p. 199-200.

38. Clair Wills, « Upsetting the Public : Carnival, Hysteria and Women Texts », *in* Ken Hirschkop et David Shepherd (éds.), *Bakhtin and Cultural Theory*, Manchester University Press, 1989, p. 142.

39. Des Forêts, p. 203.

40. *Ibid.*, p. 187. Les échos de la problématique du champ visuel limité de l'individu telle qu'analysée par Mikhaïl Bakhtine sont frappants quand nous comparons le texte de Des Forêts aux deux passages qui suivent. Dans son essai « L'auteur et le héros », nous lisons ceci : « l'homme a un besoin esthétique absolu de l'autre, de sa vision, de sa mémoire, qui le rassemble et l'unifie et qui, seul, est susceptible de lui procurer un achèvement extérieur. Notre individualité n'aurait pas d'existence si l'autre ne la créait pas » (Mikhaïl Bakhtine, *Esthétique de la création verbale*, Paris, Gallimard, 1984, p. 55). Chaque individu a un champ de vision particulier déterminé par sa place dans le temps, dans l'espace et dans ses groupements sociaux. « L'important dans l'acte de compréhension, c'est, pour le compren*ant*, sa propre *exotopie* dans le temps, dans l'espace, dans la culture – par rapport à ce qu'il veut comprendre » (Bakhtine, « Les études littéraires aujourd'hui », *ibid.*, p. 347-348). Le narrateur se croit capable de compléter l'être de son propre passé parce qu'il se croit maintenant *autre* par rapport à l'enfant.

41. Xavier Audouard, « Le silence : un " plus-de-parole " », *in* J.-D. Nasio (éd.), *Le Silence en psychanalyse*, Paris, Rivages, 1987, p. 149.

42. Xavier Tilliette, « Mémoire et mystère », *Corps écrit*, 11, 1984, p. 84. Tilliette cite les *Confessions*, X, VI, 10.

43. Antoine Compagnon, *Les Cinq Paradoxes de la modernité*, Paris, Éd. du Seuil, 1990, p. 167.

44. Canadas, art. cité, p. 233.

45. Des Forêts, p. 219.

46. Michel de Certeau, *La Fable mystique*, *op. cit.*, p. 239.

20. [illegible]

23. [illegible]

Anne Tomiche

Poéticité et répétition chez Gertrude Stein

A partir de *Tender Buttons*

Un rapide survol de la production littéraire de Gertrude Stein ne peut manquer de dégager, dans sa pratique de l'écriture, l'insistance de la répétition, liée à une constante remise en question des données de la représentation classique. Stein elle-même proclame d'ailleurs explicitement l'importance de la répétition : il faut, dit-elle, « écrire l'hymne de la répétition [1] ». La formule *A rose is a rose is a rose* est devenue quasi emblématique de toute son œuvre. Aucun autre passage n'est plus souvent cité, commenté ou parodié. Nombreux sont les articles qui, dans leur titre même, reprennent diverses variantes de la structure de la formule : « A Book Is a Book Is a Book », « GI Is a GI Is a... », « War Is a War Is a War », pour ne citer que quelques exemples parmi d'autres [2]. Ce qui semble avoir inspiré ces commentaires, c'est moins la nature tautologique de l'affirmation *A rose is a rose* que sa répétition : c'est en fait la troisième rose, et non la deuxième, qui a suscité les réactions sarcastiques. John Malcolm Brinnin a même intitulé sa biographie de Stein *La Troisième Rose* [3]. De plus, la formule, utilisée pour la première fois en 1913 dans le poème « Sacred Emily », apparaît ensuite non seulement dans les œuvres de Stein – où sa reprise renforce les effets produits par la répétition dans la phrase isolée –, mais aussi dans sa vie quotidienne. *A rose is a rose is a rose*, que Jean Marcet qualifie de « cercle enchanté [4] », lui sert d'en-tête sur son papier à lettres et de motif ornemental sur sa vaisselle, et semble fonctionner comme la signature de Gertrude Stein – sa marque distinctive et répétée.

L'ensemble de l'œuvre de Stein semble donc placé sous le signe de la répétition. Or, pour Stein, cet « hymne de la répétition » caractérise la poésie parce qu'il l'associe d'une part à un certain chant d'oiseau et d'autre part à une certaine métrique et à l'énumération. Le chant d'oiseau est, selon Stein, ce qu'il y a de plus proche de la répétition pure [5]. Si l'association oiseau-poésie est devenue un lieu commun de la poésie lyrique, l'oiseau de Stein n'est cependant pas le rossignol, oiseau emblématique de Keats et de toute une tradition romantique de poètes-oiseaux (*We do not encourage a nightingale*, écrit-elle dans « Lifting Belly ») : l'oiseau de Stein est plutôt le coucou [6], ou le perroquet, oiseaux de la répétition qui pépient plus qu'ils ne chantent (*a daily bird does not sing he twitters*, affirme-t-elle dans « Patriarchal Poetry »). Si l'oiseau chez Stein reste emblème de poésie, c'est dans la mesure où il figure la parodie de la poésie lyrique et devient l'emblème de la répétition. Dans « Patriarchal Poetry », par exemple, sur près d'une page entière l'oiseau de répétition gazouille :

> *such a pretty bird and to as such a pretty bird and to not to as such a pretty bird and to as to not to and to and such a pretty bird as to and such a pretty bird and to and such a pretty bird not to and to as such a pretty bird* [...].

Par ailleurs, Stein associe la poésie à l'énumération :

> *They* [les poètes lyriques] *have shut in with them* [...] *all the things that just in enumeration make poetry, and they can and do enumerate and they can and do make poetry, this enumeration* [7].
> (Ils ont enfermé avec eux toutes les choses qui, dans l'énumération, font de la poésie, et ils peuvent énumérer et ils le font et ils peuvent faire de la poésie et ils en font, cette énumération.)

L'énumération, ce que Stein appelle *natural counting*, est la réitération non accumulative de « un et un et un et un et un [8] ». La prédominance répétitive des nombres dans les textes poétiques de Stein (répétitions de « un », de « deux », de « doubles »; diverses références à l'énumération et aux mesures; nombreuses listes [9]) suggère que la numérique qui gouverne la poésie traditionnelle (métrique et structure de strophe) trouve une place chez Stein sous la forme littéralisée de nombres effectifs dans ses textes. Ce qui compte, ce n'est pas *ce* que ces nombres comptent, ce n'est pas l'accumulation de sens que produisent les comptes, mais ce sont les nombres eux-mêmes, dont l'énumération, telle les comptines enfantines, fonctionne à partir de l'itération. La répétition participe donc chez Stein de la recherche d'un effet poétique dans la mesure où elle permet d'évoquer et de détourner par la parodie deux éléments traditionnellement associés à la poésie lyrique – le chant d'oiseau et la métrique.

Recueil de poèmes en prose rédigé en 1913, *Tender Buttons* est l'exemple même de cet « hymne de la répétition [10] ». Marianne DeKoven, analysant ce qu'elle appelle la « période expérimentale » de l'œuvre de Stein – période qui inclut *Tender Buttons* –, affirme qu' « aucun autre écrivain n'a autant utilisé la répétition pendant cette période [11] ». Or, *Tender Buttons* est aussi l'une des œuvres les plus incompréhensibles de Stein. Le recueil est divisé en trois parties – « Objects » (Objets), « Food » (Nourriture) et « Rooms » (Pièces). « Objects » comprend cinquante-huit poèmes en prose, très courts pour la plupart, avec pour chacun un titre dénotant un objet courant : un meuble ou un vêtement. « Food » comporte cinquante et un poèmes, dont les titres renvoient tous à des articles alimentaires : viande, œufs, poissons, légumes et fruits. La dernière section, « Rooms », est constituée par un seul long poème en prose de cinquante-huit paragraphes. Ces titres familiers, qui semblent indiquer un contenu référentiel, sont trompeurs : non seulement les poèmes n'ont, pour la plupart, aucun lien sémantique avec le référent dénoté par le titre, mais, de plus, ils n'ont en général aucun rapport perceptible avec un quelconque référent. Les titres ne semblent donner au lecteur une « chose » à quoi s'accrocher (une boîte, une orange...) que pour mieux le dérouter. La disjonction entre les titres et les poèmes et entre les poèmes et une « réalité extérieure » remet en question le rapport, traditionnellement référentiel, du titre au texte et la fonction traditionnellement représentative (c'est-à-dire appartenant à l'ordre de la représentation) du texte. Dans la section « Food », la disjonction entre les « référents » et leurs « représentations » est renforcée par la différence entre la liste de sous-titres au début de la section et les sous-titres qui apparaissent réellement au cours de la section. Ainsi, le poème intitulé « Orange In » dans le texte est intitulé « Cocoa and Clear Soup and Oranges and Oat Meal » dans la liste initiale de sous-titres de la section « Food ». Ce titre correspond à la deuxième ligne du poème, suggérant que le titre, traditionnellement référentiel et appartenant à l'ordre du réel, donc extérieur au poème, est simplement extrait du poème après coup, de sorte que le « référent » appartient à l'ordre du texte et lui est intérieur. Les poèmes de *Tender Buttons* ne « représentent » pas le monde extérieur, car, même quand les phrases sont grammaticalement correctes, elles associent les mots de telle façon que les constructions mentales évoquées ne renvoient à aucune réalité référentielle – d'où l'obscurité de vers tels que *water is squeezing, water is almost squeezing on lard* (« l'eau presse, l'eau presse presque sur du saindoux », p. 485) ou *Callous is something that hardening leaves behind what will be soft if there is a genuine interest in there being present as many girls as men* (« Calleux est quelque chose que le durcissement laisse derrière qu'est-ce qui sera doux s'il y a un réel intérêt à ce qu'il y ait autant de filles que d'hommes », p. 462).

C'est d'ailleurs bien sur cette absence de référentialité que butent les commentateurs de l'œuvre de Stein. D'une part, il y a les critiques qui considèrent que Stein est incompréhensible et qui rejettent ses œuvres non référentielles – en particulier *Tender Buttons* – les considérant comme de regrettables excentricités stylistiques. D'après Francis Russell, « ce qu'il faut comprendre à propos de Gertrude Stein, c'est qu'elle est incompréhensible parce qu'il n'y a rien à y comprendre [12] ». Dans le chapitre qu'il consacre à Stein dans *The Reign of Wonder : Naivety and Reality in American Literature*, Tony Tanner condamne *Tender Buttons*, qu'il juge trop subjectif, trop idiosyncratique, donc incapable de « communiquer une réalité reconnaissable [13] ». Ceux qui condamnent *Tender Buttons* fondent leur condamnation sur le fait qu'il n'y a rien à *comprendre* dans le texte, qu'il ne *communique* rien. Et la répétition n'est que le signe d'une « idiosyncratie steinienne », le signe de son excentricité, le signe que le texte doit être rejeté comme non littéraire et non poétique. D'autre part, il y a ceux qui louent le texte de Stein et qui s'attachent à montrer qu'il n'est incompréhensible qu'en apparence, qu'il recèle une signification cachée que ces critiques s'efforcent donc de mettre en lumière. Par exemple, Pamela Hadas lit *Tender Buttons* comme l' « histoire » de la disparition, dans la vie de Gertrude Stein, de son frère Leo et de son remplacement par Alice B. Toklas – ce qui permet à Stein de retrouver une stabilité émotionnelle et de compenser la perte du frère [14]. Catharine R. Stimpson analyse les textes de Stein comme un « encodage littéraire » de son homosexualité : « elle [Stein] utilise certaines expériences lesbiennes ou quasi lesbiennes, les déguise progressivement et les encode dans ses livres [15] ». D'après Elizabeth Fifer, les textes de Stein sont des exemples d'autobiographies déguisées [16]. Et Fifer identifie un référent sexuel sous chacun des mots d'une série de poèmes qu'elle a choisis comme corpus d'étude. Le caractère répétitif des textes de Stein n'intéresse pas ces critiques puisqu'ils peuvent en dégager la littérarité *malgré* les répétitions et l'absence apparente de sens. Même William Gass, lisant *Tender Buttons*, après avoir analysé le morcellement du signifiant, les étymologies et les anagrammes, finit par recourir en dernière analyse à la personnalité de Stein. *Tender Buttons*, écrit-il, « reste ésotérique, et nous sommes tentés de penser que nos interprétations sont forcées, à moins qu'elles ne soient confirmées par des lectures provenant d'une autre direction. Une connaissance de la vie quotidienne et des obsessions de Gertrude Stein est indispensable [17] ». C'est bien un sens codé par Stein qu'il essaie de retrouver en partie. Ces deux types de lecture – le rejet des œuvres de Stein parce que incompréhensibles aussi bien que le déchiffrage de sens cachés – reposent sur le même présupposé : l'œuvre littéraire doit communiquer un sens. Si l'on rejette l'œuvre de Stein, c'est parce qu'elle ne communique pas. Si au contraire on la loue, c'est parce que l'on montre qu'en dépit des apparences elle communique un sens caché. La définition du poétique n'échappe pas à la prédominance du signifié et de la communication référentielle. En conséquence, dans ces deux types de lecture, ce n'est pas la répétition qui permet de déterminer la poéticité d'un texte : le poétique n'est pas une fonction de la répétition.

Dire que *Tender Buttons* brouille la distinction entre les référents extérieurs et le discours qui est censé les représenter est une évidence. Dire que les poèmes de *Tender Buttons* ne représentent aucune réalité référentielle, qu'ils y réfèrent sans la présenter, ne fait qu'inscrire l'œuvre de Stein dans un large courant de poésie moderne et postmoderne dont l'enjeu est précisément de subvertir une tradition poétique mimétique, référentielle et représentative, et de transgresser des conventions littéraires et poétiques fondées sur la linéarité, la continuité, la référentialité et le signifié. Si les poèmes de *Tender Buttons* ne représentent pas une réalité extérieure, ils n'en présentent pas moins quelque chose. Ce qui sera peut-être moins évident, ce sera d'analyser la nature de cette présentation, comment elle s'effectue par la répétition sans s'inscrire dans l'ordre de la représentation; et, en conséquence, ce sera d'analyser l'enjeu de ces répétitions. Ce dont il s'agira ici, ce sera de dégager non seulement comment la répétition fonctionne dans *Tender Buttons*, mais encore comment elle en institue le caractère poétique.

La répétition fonctionne à différents niveaux dans *Tender Buttons*. Tout d'abord, la répétition affecte certains mots à l'intérieur d'un même poème, produisant un effet quasi incantatoire. Par exemple, le poème intitulé « Orange In » – poème qui ne « décrit » pas plus une orange qu'il ne « décrit » un autre article alimentaire – se termine sur la « phrase » suivante :

> *A no, a no since, a no since when, a no since when since, a no since when since a no since when since, a no since, a no since when since, a no since, a no, a no since a no since, a no since, a no since* (*TB*, p. 496).

Visiblement, ce passage n'a en commun avec la phrase grammaticale traditionnelle que de commencer par une majuscule et de se terminer par un point. Or, s'il est difficile de dire que cette phrase communique un « message », s'il est même difficile de trouver un (ou des) référent(s) que la phrase dénoterait, c'est, à partir de la répétition des quatre mots (*a, no, since, when*), le jeu avec la matière sonore qui crée différentes possibilités sémantiques : doit-on comprendre qu'il n'y a « pas de commencements » (*no since when*) ? S'agit-il de l'affirmation du pouvoir de la négation (*A no*) ? De « non-sens » (*no sense, non sense*) ? De nuisance répétée (*nuisance*, phonétiquement proche de *no since*, qui est aussi phonétiquement proche de *new sense* – « nouveau sens ») ? D'innocence (*no sins* – « pas de péché ») ? D'une pure musicalité ? C'est en tout cas le jeu libre des sons qui, dans et par leur répétition, permet d'actualiser et de condenser toutes ces différentes possibilités sémantiques à partir des quatre mots *a, no, since, when*. Toutefois, la répétition n'est pas systématique puisque les sons repris sont combinés de façons différentes, sans épuiser toutes les possibilités de combinaison. Et c'est parce que les reprises ne sont jamais identiques que la répétition n'est pas une opération mécanique ; et c'est pour cela que Stein, après avoir incité à écrire l' « hymne de la répétition », précise qu'il ne s'agit pas de n'importe quelle répétition :

> la question de la répétition est très importante. Elle est importante parce que la répétition n'existe pas [...]. Personne ne pourrait supporter d'être dans la même pièce que quelqu'un qui répéterait constamment la même chose. Il doit y avoir ne serait-ce qu'un très léger changement [18].

C'est pourquoi Stein préfère le terme d' « insistance » à celui de « répétition », car « insistance » souligne la différence plutôt que l'identité : « réfléchissons sérieusement à la différence entre insistance et répétition [...] ; l'insistance c'est toujours vivant, ça ne répète jamais la même chose de la même manière [19] ». Le terme « insistance » indique donc qu'il ne s'agit pas de la répétition du Même, mais de ce qu'il y a de même dans la répétition de la différence.

La répétition fonctionne aussi dans *Tender Buttons* pour assurer l'enchaînement d'un poème à l'autre. Comme « Orange In », le poème « Salmon » (*TB*, p. 495)

> et je me suis très vite rendu compte qu'il n'est pas possible de les juxtaposer sans produire du sens [...]. J'ai fait d'innombrables efforts pour que les mots s'écrivent sans sens, mais c'est impossible [25].

Priorité est donc donnée à la matière du mot et non à son sens, mais l'association des mots à partir de leur matérialité n'aboutit jamais à une complète absence de sens. C'est bien le cas d'ailleurs de la fin du poème « Orange In » : loin d'effacer le sens, les combinaisons sonores ouvrent diverses possibilités sémantiques.

La pratique poétique de Stein semble donc privilégier la matérialité du signifiant (plutôt que la représentation d'un signifié), le « poids », et la « valeur » du mot en lui-même, du mot « pris individuellement ». C'est peut-être aussi en termes d'un privilège accordé au signifiant que pourrait s'articuler l'affinité notée par de nombreux critiques entre le style de Stein et le cubisme. Quel rapport y a-t-il entre « Stein » – non pas vraiment Gertrude Stein, la personne plus ou moins historique, mais une partie de son œuvre – et le cubisme? S'agit-il des tableaux qu'elle possédait, des peintres qu'elle connaissait et fréquentait (principalement Picasso, Juan Gris et Braque), d'une expérience esthétique commune, d'un mode de relation à l'œuvre d'art? De nombreux critiques ont souligné l'analogie entre les œuvres de Stein et les tableaux cubistes en faisant des unes un reflet des autres et réciproquement – reflet d'inintelligibilité, dû à l'absence de « sujet », à l'absence de « centre » et de « perspective », à l'absence de « référent » [26]. Or, l'enjeu de la peinture cubiste, c'est précisément un intérêt pour la matière (la couleur) et non pour la référence (perspective, mimétisme de la représentation); c'est de présenter quelque chose (de la matière) sans recourir aux moyens de la représentation. Comme l'écrit Jean-François Lyotard :

> Ce qui est enjeu dans le travail de peindre n'est nullement de couvrir le support en remplissant une forme préalablement dessinée avec un matériau chromatique. L'enjeu est au contraire de commencer ou d'essayer de commencer en déposant une « première » touche de couleur, de laisser arriver une autre, puis une autre nuance, en les laissant s'associer selon une exigence qui est la leur et qu'il s'agit de sentir, dont il s'agit de ne pas se rendre maître [27].

L'intérêt que Stein porte à la matérialité du signifiant linguistique (le mot) est parallèle à l'intérêt que les peintres cubistes portent à la matérialité du signifiant pictural (la couleur).

Dans son livre sur Picasso, Stein analyse la façon dont le peintre utilise la calligraphie : ce qui fait de la calligraphie un art pictural, c'est que la lettre, le mot sont traités comme des choses, des objets dont on peut faire le portrait. D'ailleurs, Stein appelle les poèmes de *Tender Buttons* des « portraits » et déclare avoir développé un nouveau genre littéraire : le portrait. En fait, on le sait, le « portrait » en tant que forme littéraire est un très vieux genre, généralement considéré comme un genre mimétique, l'art de représenter « trait pour trait ». Ce qu'il y a de nouveau dans les « portraits » de Stein par rapport aux portraits de Théophraste, aux exercices rhétoriques de prosopopée, aux portraits de caractères en vogue à la fin du XVIIᵉ siècle et au XVIIIᵉ, aux satires pratiquées dans les salons de Madeleine de Scudéry et de Mlle de Montpensier, aux épiphanies de Carlyle et d'autres au XIXᵉ siècle, c'est peut-être la version du genre développée par Stein. Il s'agit moins de la résurrection d'une vieille tradition littéraire que de la remise en question des présupposés sur lesquels repose cette tradition – la mimésis, la représentation et la communication. De même que la tradition picturale qui s'étend de Cézanne à Karel Appel (et inclut Picasso, Braque et les cubistes) s'intéresse avant tout à la couleur (c'est-à-dire à la matérialité du signifiant pictural) et cherche à inscrire la présence de la couleur sans s'inscrire dans l'ordre de la représentation, de même la tradition poétique qui s'étend de Mallarmé à Ponge et Beckett (et inclut Gertrude Stein) s'intéresse avant tout à la lettre et au mot (c'est-à-dire à la matérialité du signifiant linguistique) et cherche à inscrire la présence du signifiant sans s'inscrire dans l'ordre de la référence, de la communication et de la destination. Et s'il est vrai que le problème que pose la peinture cubiste au critique n'est pas un problème de sens, mais celui de trouver un moyen d'analyser la couleur, la texture et la masse, alors le problème que posent les textes de Stein serait de trouver le moyen d'analyser les mots comme des « choses », les mots dans leur matérialité, leur poids et leur volume.

Que les mots puissent être traités comme des choses nous renvoie à Freud : le travail du rêve consiste précisément à traiter les mots comme des choses, c'est-à-dire à travailler les mots dans leur matérialité. La condensation et le déplacement sont deux des quatre opérations par lesquelles le rêve travaille le mot non dans sa signification, mais dans ce qui précède le sens, la matière. Dans *Discours, Figure,* Lyotard suggère que « ce qui importe à la poésie, c'est la déconstruction, la présence d'une force autre que la loi de la langue et de la communication dans le discours [28] ». Et ce travail de déconstruction caractérise aussi bien les opérations du rêve que les figures de style. En cela, l'analyse de Lyotard va à l'encontre de celles de Jakobson et de Lacan. Pour Jakobson, la fonction poétique produit des figures de style par une *opération de construction* du sens organisée selon les axes paradigmatique et syntagmatique, axes de construction du discours. Et il étend l'opposition entre métaphore (paradigme, sélection) et métonymie (syntagme, combinaison) à la structure des rêves, associant déplacement et condensation au syntagme et à la métonymie et assimilant donc les opérations du rêve aux opérations de construction du discours [29]. Quant à Lacan, pour étudier les opérations du rêve (la condensation et le déplacement), il part d'une définition de la métaphore et de la métonymie qui, comme celle de Jakobson, repose sur le privilège accordé, dans l'interprétation de l'analyse du rêve par Freud comme dans la définition de la figure de style, aux deux axes de substitution et d'association autour desquels se construit le discours articulé [30]. Lacan, contrairement à Jakobson, associe condensation et métaphore d'une part, déplacement et métonymie de l'autre. Bien que la un symptôme en termes de contenus (ce qui conduirait à une psychanalyse du texte et poserait le problème de la dissymétrie entre la situation du lecteur/critique, fût-il analyste, en face du texte et la situation de l'analyste en face de l'analysant). Si ce n'est pas en termes de contenus, c'est par contre en termes de travail que peut se concevoir l'analogie entre le poétique à l'œuvre dans *Tender Buttons* et le symptôme. Le symptôme hystérique fonctionne en tant que répétition (c'est précisément la répétition qui constitue un affect donné en symptôme) et, comme tel, il fonctionne comme la trace laissée sur le corps de ce qui ne peut s'articuler et se communiquer par le discours. Le symptôme est la marque d'une impossibilité d'articulation discursive; c'est la marque d'une déconstruction du langage articulé de communication (qui peut aller jusqu'à l'aphasie hystérique). Et c'est la marque laissée sur le corps organique et physiologique de l'hystérique par les forces du processus primaire, qui désarticulent son discours. De même, dans *Tender Buttons*, la répétition fonctionne comme la trace laissée sur le corps du texte de forces qui déconstruisent l'articulation du discours.

La répétition n'appartient donc pas à l'ordre de la représentation. C'est d'ailleurs bien ce que dit Deleuze :

> la répétition diffère en nature de la représentation, [...] le répété ne peut être représenté, mais doit toujours être signifié, masqué par ce qui le signifie, masquant lui-même ce qu'il signifie [32].

Et la répétition n'appartient pas non plus à l'ordre de la remémoration. C'est ce que Stein exprime dans *Lectures in America*, dans les termes suivants : « dans l'écriture [...] il ne s'agit pas de se souvenir de qui que ce soit ou de quoi que ce soit », il s'agit d'une « re-création intellectuelle » [33]. Si l'écriture de Stein n'est ni représentation ni remémoration, c'est que la répétition, re-création plutôt que réitération, s'inscrit dans l'ici-et-maintenant – le *hic et nunc*, chaque fois répété, d'une « re-création » qui ne (re)présente rien qu'elle-même. Et c'est aussi ce que note Freud dans « Remémoration, répétition et élaboration » : on répète d'autant plus son passé qu'on s'en ressouvient moins, qu'on a moins conscience de s'en souvenir (le symptôme en tant que répétition traduit une impossibilité de la remémoration). Pour ne plus répéter, il faut élaborer le souvenir, mais cette élaboration n'est ni une narration, ni une représentation, ni une remémoration abstraite (sans affect) du passé – l'élaboration consiste à aller chercher le souvenir là où il était et à revivre l'affect *in statu nascendi*, dit Freud, « dans un état de naissance ». La répétition dans l'écriture de Stein comme dans l'inconscient défini par Freud témoigne d'une absence de souvenir, d'une absence de représentation, et d'une « présence » qui est celle de l'ici-et-maintenant d'une re-création, d'un re-vivre à l'état de naissance, d'une naissance toujours renouvelée.

Cela dit, là où s'arrête l'analogie entre le travail de la fonction poétique à l'œuvre dans *Tender Buttons* et le symptôme, c'est probablement au niveau de l'affect lié à un tel travail. Alors que le symptôme est marque de souffrance, Stein associe la répétition et le travail de la poésie à un plaisir : plaisir sensuel, plaisir de la caresse. Analysant l'enjeu de la poésie, elle explique :

> *Poetry is doing nothing but using losing refusing and pleasing and betraying and caressing nouns* [...]. *When I said. A rose is a rose is a rose is a rose. And then later made that into a ring. I made poetry and what did I do I caressed completely caressed a noun* [34].
>
> (La poésie ne fait rien qu'utiliser perdre refuser et contenter et trahir et caresser les noms [...]. Quand j'ai dit. Une rose est une rose est une rose est une rose. Et ensuite en ai fait un anneau. J'ai fait de la poésie et qu'ai-je fait j'ai caressé complètement caressé un nom.)

Qu'est-ce qui structure la « caresse » de ce cercle de roses dont on a vu qu'il fonctionnait comme la signature et la marque de Stein? « Caresser » le nom correspond à une réduction de l'activité sélective (puisque le paradigme du vocabulaire est réduit à un mot – *rose*) et à un déplacement répétitif du mot sélectionné. De plus, une condensation syntaxique comprime les prédicats et les sujets. A travers ce déplacement et cette condensation, le nom perd sa fonction référentielle et la phrase sa fonction de définition et de catégorisation – fonction mise en place par la nature prédicative du début *(A rose is...)* et aussitôt transgressée. « Caresser » le nom, c'est donc, par la répétition – trace d'un travail de condensation et de déplacement sur les axes syntagmatique et paradigmatique – l' « utiliser » (*using*) en lui faisant « perdre » sa fonction référentielle (*losing*) ; c'est lui « refuser » sa fonction communicative usuelle, la « trahir » (*refusing, betraying*) au profit d'une autre : le plaisir (*pleasing*). Le plaisir de la « caresse » – plaisir du poétique – correspond à une « jouissance par l'oreille », jouissance par la matière du signifiant.

University at Buffalo

NOTES

1. « *I believe in repetition. Yes. Always and always. Must write the hymn of repetition* » (Gertrude Stein, « Notebook D », p. 8 ; citée par Leon Katz dans *Twentieth Century Literature*, 24 : 1, 1978).
2. Donald Gallup, « A Book Is a Book Is a Book », *New Colophon*, I, janvier 1948, p. 67-80 ; (anonyme), « GI Is a GI Is a... », *Newsweek*, XXVI, 30, 3 septembre 1945 ; P. Knauth, « War Is a War Is a War Is a War », *Life XVIII*, 14-16 avril 1945.
3. John Malcolm Brinnin, *The Third Rose. Gertrude Stein and Her World*, Boston, Toronto, Little, Brown and Company, 1959.
4. Jean Marcet, « " Ring A Ring O'Roses " : le cercle enchanté de Gertrude Stein », *Delta*, 10 mai 1980.
5. « *A bird's singing is perhaps the nearest thing to repetition* » (« Portraits and Repetition », *Lectures in America*, Boston, Beacon Press, 1985, p. 167).
6. Dans « The Difference of Her Likeness : Gertrude Stein's *Stanzas in Meditation* », Neil Schmitz fait du coucou l'oiseau emblématique de la lyricité de Stein (*Gertrude Stein and the Making of Literature*, p. 132).
7. Gertrude Stein, « What is English Literature », *Lectures in America*, p. 18.

8. « [...] *the natural way to count is not that one and one make two but to go on counting by one and one* [...]. *One and one and one and one and one. That is the natural way to go on counting. Now what has this to do with poetry. It has a lot to do with poetry* » (« Poetry and Grammar », *Lectures in America*, p. 227).

9. En particulier, voir « A Birthday Book », *Alphabets and Birthdays*, New Haven, Yale University Press, 1957, p. 129-154.

10. Gertrude Stein, *Tender Buttons* (*TB*), in *Selected Writings of Gertrude Stein*, Carl Van Vechten (éd.), New York, Random House, 1962.

11. Marianne DeKoven, *A Different Language. Gertrude Stein's Experimental Writing*, Wisconsin, University of Wisconsin Press, 1983, p. 47.

12. « [...] *the elementary fact to understand about Gertrude Stein is that she is incomprehensible because there is nothing there to comprehend* » (Francis Russell, *Three Studies in Twentieth Century Obscurity*, Asford [Kent], Flower Press, 1954, p. 88).

13. « [...] *the prose studies of " Objects : food : rooms " which make up* Tender Buttons *resist most attempts to communicate any recognizable reality* » (Tony Tanner, *The Reign of Wonder. Naivety and Reality in American Literature*, Cambridge, Cambridge University Press, 1965, p. 196-197).

14. Pamela Hadas, « Spreading the Difference : One Way to Read Gertrude Stein's *Tender Buttons* », *Twentieth Century Literature*, 24 (1), 1978.

15. « *She* [*Stein*] *takes certain lesbian or quasi lesbian experiences and progressively disguises and encodes them in a series of books* » (Cynthia Secor, « *Ida*, A Great American Novel », *Twentieth Century Literature*, 24 : 1 [1978], p. 100-101).

16. « *Gertrude Stein's erotic works are demonstrations of disguised autobiography* » (Elizabeth Fifer, « Is Flesh Advisable? The Interior Theater of Gertrude Stein », *Signs*, 4 : 3 [1979], p. 472).

17. *TB* « *remains cryptic, and we are likely to feel our interpretations are forced unless they are confirmed by readings from another direction. Some knowledge of Gertrude Stein's daily life and obsessive concerns is essential* » (William Gass, *The World Within the Word*, New York, A.A. Knopf, 1978, p. 89).

18. Gertrude Stein, *How Writing is Written*, textes de Stein édités et présentés par Robert Bartlett Haas, Los Angeles, Black Sparrow Press, 1974, p. 158-159.

19. « *Let us think seriously of the difference between repetition and insistence* [...] *the insistence is different, no matter how often you tell the same story if there is anything alive in the telling the emphasis is different* [...], *insistence* [...] *in its emphasis can never be repeating, because insistence is always alive it is never saying anything in the same way* » (« Portraits and Repetition », *Lectures in America*, p. 167 et 171).

20. Roman Jakobson, *Études de linguistique générale*, Paris, Éd. de Minuit, 1963, p. 241.

21. Cf., par exemple, *Lectures in America*, p. 25.

22. Dans « Poetry and Grammar », l'une des conférences de *Lectures in America*, Stein affirme : « *Exclamation marks have the same difficulty and also quotation marks, they are unnecessary, they are ugly, they spoil the line of the writing* [...]. *I had always liked the looks of periods and I liked what they did. Stopping sometime did not really keep one from going on* [...]. *Periods have a life of their own a necessity of their own a feeling of their own* [...]. *Commas are servile they have no life of their own they are dependent* » (p. 215, 217, 218).

23. « *I found that I was* [...] *very much taken with the beauty of the sounds as they came from me as I made them* [...]. *In doing these things I found that I created a melody of words* » (*Lectures in America*, p. 199).

24. « *I had to capture the value of the individual word, find out what is meant and act within it* [...]. *All through that middle period the interest was with that largely, ending up with* Tender Buttons [...]. *I began then to want to make a more complete picture of each word, and that is when the portrait business started* » (*What Are Masterpieces*, New York, Toronto, Pitman Publishing Corporation, 1970, p. 100).

25. « *I took individual words and thought about them until I got their weight and volume complete and put them next to another word and at the same time I found out very soon that there is no such thing as putting them together without sense. It is impossible to put them together without sense. I made innumerable efforts to make words write without sense and found it impossible* » (*ibid.*, p. 101).

26. Par exemple, Brinnin, *The Third Rose*, *op. cit.*; Michael Hoffman, *The Development of Abstractionism in the Writings of Gertrude Stein*, Philadelphie, University of Pennsylvania Press, 1965; L.T. Fitz, « Gertrude Stein and Picasso : The Language of Surfaces », *American Literature*, 45 : 2, 1973; Marjorie Perloff, « Poetry as Word-System : The Art of Gertrude Stein », 1979.

27. Jean-François Lyotard, *L'Inhumain*, Paris, Galilée, 1988, 153.

28. Jean-François Lyotard, *Discours, Figure*, Klincksieck, 1973, p. 323-324. Pour les références ultérieures, l'abréviation *DF* sera utilisée.

29. Voir en particulier les essais « Qu'est-ce que la poésie? » (*Questions de poétique*, Paris, Éd. de Minuit,

1973), « Linguistique et poétique » et « Deux fonctions de langage et deux types d'aphasie » (*Études de linguistique générale*, Paris, Éd. de Minuit, 1963).

30. Jacques Lacan, *Écrits*, Paris, Éd. du Seuil, 1966, « L'instance de la lettre dans l'inconscient », p. 493-528.

31. Sigmund Freud, *Le Rêve et son interprétation*, Paris, Gallimard, « Idées », 1971, p. 43.

32. Gilles Deleuze, *Différence et Répétition*, Paris, PUF, 1968, rééd. 1985, p. 29.

33. « *Writing* [...] *has nothing to do with remembering any one or anything* » (*Lectures in America*, p. 175), « *it is an intellectual* recreation *and there is no possible doubt about it* » (*ibid.*, p. 238 ; je souligne).

34. *Lectures in America*, p. 231.

Georges Kliebenstein
L'encyclopédie minimale

Pourquoi se vanter de ce que l'on ignore? (Queneau)

Une fois pour toutes, il y a des choses que je ne veux pas savoir. (Nietzsche)

A supposer qu'il existe un désir de savoir, et même un désir hybristique de tout savoir (que saint Augustin théorisait sous le nom de *libido sciendi*), il faudrait reconnaître à *Bouvard et Pécuchet* la vocation ambivalente d'en démonter le mécanisme. D'un côté y travaille la pulsion cognitive et de l'autre la tendance à repousser les doctrines, la manie érémitique de réduire à une « tentation » les savoirs qui défilent. Entre la polymathie, désirable, et son refoulement réaliste [1], s'ouvre alors un tiers-lieu, conflictuel, qui éprouve les livres et les laisse en souffrance dans un purgatoire énigmatique [2]. Plus de mille cinq cents volumes sont ainsi réduits par le roman flaubertien au statut d'intertexte et de citations contradictoires. La citation devient alors une « encyclopédie minimale » apte à condenser la science, fût-ce pour la satiriser. Elle est lieu d'accueil économique, *pauca e multis*, où le désir de savoir le dispute à la méconnaissance.

Accorder un sens plénier aux citations, sauf à les recueillir dans un *dictionnaire*, relève-t-il de la mauvaise foi? Jusqu'à quel point est-il licite d'élire une unité minimale de lecture et de lui attribuer un pouvoir représentatif? Qu'un fragment discursif est capable d'enregistrer le spectre de l'aventure dont il n'est qu'un moment, nous en reprendrons l'hypothèse, après qu'elle a été émise par l'herméneutique sacrée [3].

Dans une telle conjecture, ce qui serait vrai de tous les livres de savoir le serait aussi du livre qui les rassemble et les met en crise. Pour des raisons éristiques, le corpus sera donc réduit au minimum et ira à l'immédiat : il s'agira de l'incipit du roman flaubertien : « Comme il faisait une chaleur de trente-trois degrés, le boulevard Bourdon se trouvait absolument désert. »

sont à la fois extratemporels, immortels et – fatalement – inachevés, mortifères : « ces deux bonshommes me tueront »; « j'en crève »; « je n'en reviendrai pas ». La mort de Flaubert s'annonce dans le gueuloir épistolaire.

Le temps flaubertien est à l'évidence un temps embrouillé : « mais les événements s'embrouillèrent faute de savoir les dates » (p. 146). Certes, les principes de la scansion événementielle – le temps historique ou calendaire [15], le temps biométrique [16], le temps saisonnier [17], les moments de comput récapitulatif – permettent, au gré des recoupements, la reconstitution d'une chronologie, mais cette chronologie paraît tellement douteuse [18] qu'il vaudrait mieux admettre que le roman simule la labilité et se sert du « temps » comme d'un décorum. Prenons-en pour indice les scènes de « reconnaissance » : les retrouvailles avec Barberou, disparu « depuis vingt ans » (p. 268), la rencontre inopinée du père Gouy, perdu de vue « depuis trois ans » (p. 307), etc., donnent certes l'occasion de pratiquer tout un théâtre de l'*anagnorisis* – exclamations, computs, embrassades. Mais une telle démonstrativité dans les réactions peut aisément s'entendre comme une dénégation : il faut au moins toute cette mise en scène pour donner le change et masquer la fixité du temps. Le finale prévoyait, à l'horizon du récit, la convocation de tous les personnages, jusqu'à Dumouchel et Barberou dont la présence, donnée sur le mode du surgissement, s'avérait si improbable qu'elle exigeait ce que la psychanalyse appelle une « rationalisation » : l'un viendra « prendre les bains de mer », l'autre sera « appelé dans le pays pour une affaire de son commerce ». Quand la contemporanéité se révèle incertaine, elle est remplacée par la cospatialité. A la limite, tous les acteurs apparaissent et se réunissent ici un peu comme dans *L'École d'Athènes* de Raphaël : le *Mitsein* final sert à couvrir une chimère diachronique. Car ce seront surtout les apparitions et les disparitions des personnages qui tiendront lieu de passage du temps. Ainsi, le plan programmera la réapparition soudaine d'un Dumouchel qui, contre toute attente, « n'est pas changé » (p. 331). Tout se joue, au cours de l'histoire, entre la matérialisation et la dématérialisation des acteurs, sur le modèle : « quelqu'un parut », « c'était »... (Le système servira à identifier, c'est-à-dire à reconnaître, parmi d'autres, Gorju et Mélie.) Dans le fait, pas une seule connaissance qui n'appelle une reconnaissance – au point que les héros, dès l'apparition primitive (« deux hommes parurent »), se manifestent dans une immédiate familiarité : les couvre-chefs s'empressent de confirmer, dans l'ordre, les noms que le titre annonçait. A l'évidence, le roman flaubertien arrange des épiphanies : en suspendant le temps, il aménage un espace théologique. Cet espace hors temps ne peut que réclamer un livre à son image : un dictionnaire, consultable à l'infini, par renvois, et constitué de paroles immortalisées. La traversée des limbes de la connaissance conduit à la topique d'un ouvrage *Zeitlos*.

Il faut alors supposer que l'Histoire ne figure pas, contrairement à ce que suggère généralement l'exégèse, une coupure événementielle qui viendrait déranger l'exploration encyclopédique : de fait, les dates historiques elles-mêmes (le 25 février 1848, le 3 décembre 1851) invitent à traverser l'Histoire et à la consommer comme un leurre axiologique. Car les événements qui souffrent de l'excentricité géographique et de la distorsion temporelle empruntent au monde livresque ses effets louches et déceptifs : à Chavignolles, une affiche, un article de journal annoncent l'Histoire avec retard et la perdent dans l'inconsistance de sa révocation. Réduits et médiatisés, les événements, pris dans la vanité des discours, se destinent à un retournement palinodique. C'est que le roman s'empare de l'Histoire naissante et la transforme en diptyque contradictoire. Il faut sans doute soupçonner le coup d'État de malignité : il se produit *juste* pour annuler la révolution de 48. De ce que l'histoire référentielle et l'histoire livresque sont promises au même traitement, aux mêmes contradictions annulatives, et de ce que le texte travaille à la résorption du référent historique dans l'univers fictionnel et ses lois dérisoires, il semble que l'on puisse fournir trois « preuves » (qui ne deviennent décisives que par le faisceau qu'elles forment) :

– une preuve diagrammatique : la révolution et le coup d'État sont traités dans le même chapitre (le chapitre VI) de façon que le second temps contredise *more geometrico* le premier;

– une preuve thématique : les deux événements constituent l'expérience fondamentale du chapitre, ils jouissent de la même sollicitude focale que les aventures théorico-comiques qui les accompagnent;

– une preuve téléologique : le chapitre VI (qui occupe une position d'épicentre dans le roman) est le lieu d'aboutissement de deux enchaînements contradictoires : d'un côté, il marque le terme d'un programme de recherches inauguré au chapitre IV par l'exploration archéologique, voire au chapitre III par les préoccupations géologiques et paléontologiques – dans cette perspective, il termine une série qui ramène du passé le plus archaïque à l'histoire contemporaine (en traversant le fantasme biographique d'un mort récent : le duc d'Angoulême). Mais, d'un autre côté, le chapitre va figurer l'aboutissement d'une dérive qui entraîne toujours plus loin du référent, vers le beau signe pur : archéologie -> livres d'histoire (IV) -≈-> romans historiques -> Littérature, arts d'écrire (V) -≈-> le chapitre VI, qui sera donc le lieu du « comble » : il est à la fois le comble du référent (brûlant, contemporain) et le comble de son absence, de son absorption dans les signes et les artifices de l'écriture. Tout ce que l'on gagne donc au plan diachronique, on le perd au plan sémiotique. En *citant* les événements, le chapitre VI fait de l' « écriture de l'histoire » la plus violente des contradictions.

« Bourdon » n'infirme pas la compromission réciproque du roman et de l'histoire : il est le héros éponyme qui permet une première limitation spatio-temporelle de l'aventure, en même temps qu'il signale la perversité du temps historique. Bourdon est sans doute celui qu'il ne faut pas trop vite réduire aux jeux du signifiant [19], ni pourtant enfermer dans l'insignifiance d'une localisation réaliste. Topographiquement, le boulevard est borné par deux pôles symboliques : au nord, la « Bastille », et, au sud, une fois la Seine traversée, le « Jardin des Plantes ». D'ici et de là viendront Bouvard et Pécuchet. D'un côté, le Monument litération la manque : « trente-trois » est une notation en semi-équilibre, claudicante, qui s'oppose à la parfaite symétrie d'un code pur (de même, le comptage syllabique des deux versants de la phrase met l'énoncé en léger déséquilibre, qui laisse présager un effondrement logique). La phrase liminaire construit donc un mirage positiviste où le discours se fait asymptote à la science. La censure des chiffres ne sera pas compensée par la présence au cours d'arabe du Collège de France de deux inconnus qui tâchent de « prendre des notes » (p. 39), ni, plus tard, par le préceptorat de Bouvard qui entreprendra d'enseigner le calcul à Victorine, mais, symptomatiquement, se trompera [26].

Voilà donc la notation thermométrique qui désigne l'anormalité du sujet, avant même de déterminer l'atypie des acteurs apparus, par une chaleur pareille, comme deux péripatéticiens incongrus.

L'annonce et la mémoire

Il importe, à cette phase, de rappeler l'évidence : l'incipit, comme tout segment de son genre, est *bifrons*. Il est susceptible, en termes genettiens, d'une double rentabilité : proleptique, en ce qu'il annonce la suite, et analeptique, en ce qu'il rappelle le titre. Or, le titre a frappé doublement : par les noms des acteurs et par leur conjonction. Qu'en retrouve-t-on dans la phrase liminaire?

D'entrée le boulevard déserté ne peut que réclamer son animation. Il est *tabula rasa*, table d'opération qui favorise les rencontres les plus insolites. Hyperboliquement désert, il l'est aussi *cartesiano more*, provisoirement. L'aventure s'ouvrira donc comme une cosmogonie, dans la rareté essentielle d'une genèse corrigée : « deux hommes parurent ». Peu importe ici que la conjonction des deux bonshommes en vienne à prendre un sens pré-proustien [27], ou que la coordination de deux patronymes renvoie statistiquement à la bêtise dans l'univers flaubertien [28]. Ce qui compte, c'est que la conjonction soit comme fatale et insupportable, qu'elle menace de toutes les agitations que provoque l'ambivalence. Le boulevard promet la rencontre parce qu'il est emphatiquement désert, et parce que l'incipit se souvient du titre, de la conjonction et des noms qu'il affiche. Il ne s'en souvient pas sous la forme saussurienne des anagrammes, car il y aurait peu de pertinence à retrouver Bouvard (dans « boulevard ») ou Pécuchet (disséminé dans « *c*omme *u*ne *ch*aleur ») : non pas à cause des limites ou des « démentis » qu'inflige à cette lecture la critique génétique [29], mais parce que l'enjeu des deux noms est ailleurs, qu'il est justement dans leur rencontre, dans la conjonction de signes complémentaires qui s'annulent, dans l'aspiration ruinée à une énonciation solide.

Pris en système, les deux noms deviennent « parlants », cratyléens, et les errances onomastiques de Flaubert, mises en vedette par les analystes des avant-textes, laissent de toute façon apparaître des constantes. Notamment l'opposition des morphèmes masculins *-ard/-et*. D'un côté, un suffixe péjoratif issu du superstrat francique (qui induit un certain profil physiognomonique); de l'autre, le diminutif maniériste tiré du substrat celtique. Au plan des lexèmes, l'opposition sémantique des noms (dans leur dernier état) est plus importante que leur apparente synonymie. Bien sûr, la bêtise tente également les deux patronymes : l'un bovin, typiquement flaubertien malgré l'origine zolienne du nom [30], l'autre visant plus généralement au « bétail » (*pecu*) ou à la « bête » (*pecuatus*). Mais au-delà, dans *pec*, une insulte féminisante, opposée à la grossièreté viriloïde de Bouvard : les pecques de Molière ont prétention à l'esprit et refusent l'obscène des syllabes censurables. L'opposition phonématique des noms est patente : le spectre consonantique des sonores [b], [v] répond aux consonnes sourdes [p], [k], [ʃ]; et les voyelles vélaires graves, [u], [a], soumises à l'écart maximal (trois degrés d'aperture), contrebalancent la suite vocalique [e], [y], [e] des palatales aiguës, séparées minimalement par un degré d'aperture. Les noms font jouer un réseau d'oppositions – sémantiques, étymologiques, phonologiques – qui manifestent le manichéisme du signifiant (Manichet est l'un des noms de Pécuchet). L'onomastique se constitue en microsystème oppositif qui compromet l'encyclopédie des formes dans la cyclothymie (et qui confirme le diagnostic de maniaco-dépression rendu par Jean-Pierre Richard [31]). Ce qui se retient du système onomastique, c'est la conjonction d'une matière et d'une antimatière : la rencontre criarde de noms que tout oppose et qui s'agglutinent dans la complémentarité ou la vacuité. Ce choc, aux effets indécidables, est largement enregistré par l'incipit, car la pyramide de la phrase est menacée, plus qu'on ne l'a suggéré, tant du côté de la montée, causale, que de la descente, conclusive.

La « cause », telle qu'elle est alléguée, paraît largement impure. « Comme » est une conjonction embrouillée, temporelle/causale, qui hésite entre la coïncidence et la science (en latin, le *cum historicum* appellerait la modalisation subjonctive). Il ne s'agit jamais que d'un mirage étiologique : « la cause et l'effet s'embrouillent » (p. 96). Tout ce qui s'énonce n'est pas assez pour une cause, et trop pour une coïncidence. L'incipit se loge alors, assez inconfortablement, entre l'optimisme leibnizien, panglossien [32], et le fatalisme spinoziste, diderotiste : « comment s'étaient-ils rencontrés? Par hasard comme tout le monde ». La conjonction « et » du titre orchestre la disharmonie préétablie d'une rencontre vouée à célébrer ce « défaut de méthode » que dénonçait le sous-titre primitif. De même, la « chaleur/de trente-trois degrés » surprend surtout parce que le syntagme renvoie d'abord au monde de la sensation et des cénésthésies, et ensuite à l'univers de la métrologie. On eût raisonnablement attendu une alternative, ou bien « une grande chaleur », ou bien « une température de trente-trois degrés ». Ici la sensation et la science se télescopent et produisent une contradiction cachée, qui perturbe le jeu normal de l'association. L'hiatus scientifique annonce bien des déboires : « le thermomètre n'apprenait rien » (p. 62). Cette hétérologie discrète, inscrite en termes psychanalytiques, dans « la plus petite différence », peut conduire à la plus violente des misologies.

La conséquence n'est pas davantage épargnée par l'incongruité : le « boulevard Bourdon » s'oppose au « désert », dans un effet certain d'antinomie – « boulevard » induit une fréquentation habituelle et « Bourdon » représente le renforçatif sémantique du boulevard. Le « bourdonnement » connaît d'ailleurs une grande fortune dans l'idiolecte flaubertien (une enquête lexicométrique le désignerait comme le marqueur privilégié des troubles de la sensation, des fantasmes troublants de l'urbanité ou du silence troublé par une diversion entomologique [33] – *Bouvard et Pécuchet*, on s'en souvient, racontait primitivement l'histoire de deux cloportes). L'hodonyme « Bourdon » fait de la désertion du boulevard une contradiction dans les termes. Ainsi, deux univers qui incommuniquent se neutralisent : la ville / la campagne, la densité / le désert, comme tout à l'heure la cause / la coïncidence, la science / la sensation, ou le chiffre / la lettre. A mettre en rapport la cause et l'effet, rien ne s'arrange : aux « trente-trois degrés », contingents, s'oppose net l'adverbe « absolument ». Nouvelle disjonction, cette fois entre le relatif et l'absolu. En écho au choc onomastique du titre, l'incipit se livre à une réfutation entreptique du positivisme – une réfutation qui fait honte, qui donne chaud, qui rend aphasique. C'était là le grand désir de Flaubert : imposer le silence.

« Qui se sent visé? » (Jean-Paul Sartre)

Pour répondre à la question naguère posée par Sartre (à propos de la bêtise), il faudrait prendre quelque idée de celui qui vise. Est-ce l'auteur? Où est l'auteur? On sait que cette question continue d'animer les débats exégétiques.

Si on cherche l'auteur dans le maniement rhétorique, il faut préciser jusqu'où la phrase ne tient pas logiquement, après avoir montré à quel point elle fait mine de tenir.

En termes de logique, la phrase inaugurale semble constituer un enthymème, au sens où elle proposerait un syllogisme amputé de sa majeure. La prémisse refoulée en serait à peu près : Quand il fait chaud, les boulevards parisiens sont déserts. Une telle proposition serait évidemment inexacte, car deux paramètres lui feraient défaut : d'abord la donnée calendaire – nous sommes « dimanche », jour de désœuvrement proprement providentiel; ensuite la donnée cadastrale, qui impose au quartier la déréliction et qui l'oppose aux « grands » boulevards (de la Madeleine à la Bastille), à la « vogue de boulevard » et à l' « esprit boulevardier ». Il ne suffit pas qu'il fasse notablement chaud pour que le boulevard Bourdon soit désert : l'enthymème pèche par un silence casuiste que le texte corrigera plus tard, quand il prendra en charge le calendrier et la topographie. Pourtant, ce début laisse un sentiment de nécessité, comme si le boulevard Bourdon, hors la logique, pouvait jouir d'un microclimat. A quoi tient cette impression de naturel?

L'ancienne rhétorique demandait à l'auteur de faire le départ entre la description des lieux, codifiée sous le nom d'*argumentum a loco*, et les descriptions des personnages qui relevaient de la prosopographie ou de l'éthopée (un tel partage n'excluait évidemment pas des connexions). Puis la dichotomie a été reconduite *mutatis mutandis* (parler de « personnages de papier » dans un décor de papier revient à entériner le clivage), ou bien elle a été contestée radicalement au profit d'autres unités signifiantes, en même temps qu'était dénié le principe de l' « illusion mimétique ». Flaubert se situe exactement, historiquement, entre ces deux tentations. Il refuse de mettre en cause totalement la référentialité littéraire qu'il conteste partiellement, par une présence protéenne. C'est le sens de sa confidence à Louise Colet : « J'étais les chevaux, les feuilles, le vent, les paroles qu'ils se disaient et le soleil rouge » (lettre du 23 décembre 1853). Il ne faut pas minimiser l'importance d'un tel aveu : Flaubert refuse, du moins ici, dans *Madame Bovary*, les phénomènes de « projection restreinte » dans un personnage, même si, par panthéisme ou hylozoïsme, l'auteur reste encore emprisonné dans les formes figuratives. Et ce qui arrive à l'auteur peut arriver aux acteurs. Il est, à cet égard, remarquable que Bouvard et Pécuchet en viennent à contester la taxinomie des « règnes » (minéral/végétal/animal) [34], en même temps que le roman travaille à la réification des bonshommes, en produisant des fantasmes de survie (« on s'en va dans la rosée, dans la brise, dans les étoiles », p. 255) ou des dysphories scientifiques (« néanmoins ils éprouvèrent une sorte d'humiliation à l'idée que leur individu contenait du phosphore comme des allumettes, de l'albumine comme des blancs d'œufs, du gaz hydrogène comme des réverbères », p. 85). La tendance, réciproque, du décor à la vie anthropomorphique serait à interroger dans cette perspective spéciale : à ce compte, la phrase d'attaque pourrait bien contenir les prodromes d'une crise partielle (ce sont les plus violentes) de la représentation. Il faudrait alors postuler une instance d'énonciation qui n'aurait pas les qualités réduites (vocales et focales) d'un « narrateur », mais qui n'aurait pas non plus les caractéristiques étriquées d'un « auteur » que la réduction biographique condamne à écrire en été, le 1er août 1874.

La description, comme tous les substantifs d'action marqués en latin par le suffixe *-tio*, se débat contre la dégénérescence sémantique qui la menace : elle désigne l'acte d'écrire avant de dénoter son résultat inerte. Dans le fait, et par tradition rhétorique, un auteur a le choix : ou bien il rappelle qu'il est occupé à produire ce qu'il dit – auquel cas il use de cette vieille figure de l'aveu : la métalepse –, ou bien il prétend s'effacer devant le monde décrit, devenu pur tableau immobile. Dans le premier cas, l'auteur nous plonge dans le monde poïétique, il revendique son statut; dans le second, il se sublime en narrateur et abandonne le monde à l'illusion mimétique. Flaubert opte pour une position mixte et un univers indécidable. Ce qui s'écrit relève d'une semi-métalepse, énoncée par une instance si monstrueuse qu'il faudrait sans doute un néologisme pour la désigner. Supposons qu'il s'agisse d'un *narrauteur* et montrons-en les caractéristiques.

Si l'on attend d'un auteur un exercice de virtuosité, alors il faut reconnaître que les marques de l'auteur ont été visiblement effacées : « il faisait », « se trouvait » sont des verbes vicaires, les verbes du non-style et de la déplétion. Le tour impersonnel et la voix pronominale s'accommodent d'une distance déresponsabilisante qui minore manifestement la performance scripturale. Mais, en même temps, « il faisait », comme tous les tours impersonnels ou unipersonnels, contrarie justement la matrice phrastique universelle sujet-copule-prédicat. Comment oublier qu'une notation météorologique comme « il pleut » appelle sa manipulation transformationnelle (théorisée par Port-Royal) pour redevenir « la nature est pleuvante » ou « Dieu est pleuvant » ? Le refoulé, ici, c'est la cause : la Nature, son Créateur, l'Auteur, et son refoulement produit cette intensité métaphysique qui accompagne une présence forte et déniée, désespérément ambiguë, mi-active, mi-passive, démiurgique et constative. Rien n'empêche, en ce sens, « il faisait » de figurer aussi, par énallages, « je faisais », « je fais ».

« Faire » souligne l'activité poïétique qu'« il » masque : « il faisait » fonctionne comme une métalepse voilée. Ainsi découvrira-t-on sans s'étonner que la « ligne droite » du canal Saint-Martin puisse prendre une « couleur d'encre » et que le découpage topographique – « plus bas » – coïncide avec l'espace paginal.

« Se trouvait », pour sa part, n'est pas une décoration de faux style, un parasynonyme « riche » de la copule. Le verbe (dont le sujet est presque un patronyme), perdu dans l'ambiguïté de la diathèse, compromet l'objet dans le flottement d'une conscience phénoménologique. Proust avait remarquablement rendu compte, dans son article « A propos du " style " de Flaubert », des « singularités immuables d'une syntaxe déformante » – parmi lesquelles les verbes pronominaux dont les sujets « sont généralement des choses » et les pronoms personnels qui donnent l'occasion de « fautes perpétuelles » de renvoi en mélangeant les êtres et les objets [35]. Que la grammaire puisse encourager au mélange des « personnes » et des « choses » fascine évidemment Bouvard et Pécuchet [36] : il n'est donc pas exclu de soupçonner le système de la représentation d'un trouble confusionnel : le sujet de « faisait », en l'occurrence, ne serait pas un pronom impersonnel, mais un « il » cataphorique qui préreprésenterait le boulevard Bourdon : on comprendrait alors que le boulevard Bourdon fasse trente-trois degrés : la micromesure ne constituerait plus une faute logique, mais un diagnostic impeccable. Il s'agirait de prendre la température du boulevard : « enfin, au grand scandale de monsieur le Curé, ils avaient pris la mode nouvelle d'introduire des thermomètres dans les derrières ». Dans la phrase d'attaque, toute la mnémotechnie d'une scène originaire qui enregistrerait l'hyperthermie d'un lieu et l'hypothermie d'un mort, qui enregistrerait la température d'un lieu-mort – le boulevard/Bourdon –, mais qui mesurerait, essentiellement, notre désir de savoir quand il est étouffé par une indécision mortelle – qui oserait se choquer d'une critique de la science à ce point indécidable ? Flaubert a bien écrit le livre dont il présentait à Louis Bouilhet (le 4 septembre 1850) le prospectus : « un livre [...] arrangé de telle manière que le lecteur ne sache jamais si on se fout de lui, oui ou non ». Ainsi, dès l'incipit, dans l'impunité, surgit une espèce d'obscène physico-métaphysique, autour d'une information « plate comme un trottoir ». On sait que l'obscène est le signe ominal qui annonce une aventure dans ce qu'elle a de risqué. Est *obscenus* ce qui est de mauvais augure.

Il faudrait définir l'encyclopédie minimale comme la plus petite unité de lecture capable de figurer, dans un effet d' « holosémie », toutes les tentations d'une aventure. Mais on s'en sera vite aperçu : l'exégèse ne se satisfait pas d'une microlecture (qui serait justifiée par les « affres de la phrase » chez Flaubert). Elle ne se contente pas de trouver *multum in parvo* tout un monde; elle tâche aussi de le retrouver par rétrolecture après que tout a été consommé. Comprise en ce sens, l'encyclopédie minimale n'est pas ce qui donne le moindre mal : elle ne dispense de rien, elle rajoute au contraire ce risque perpétuel de la motivation rétrospective.

Bouvard et Pécuchet débattent beaucoup des rapports énigmatiques du tout et de la partie, emportés dans les vertiges de la théologie ou de la chimie [37]. Ce commentaire pourrait à son tour se chercher des modèles dans l'herméneutique scripturaire ou dans un physicalisme plus moderne : de même qu'une cellule biologique joue son rôle spécial (assurer tel caractère du phénotype) en même temps qu'elle contient, par un luxe exorbitant, tout le code génétique, de même la cellule narrative assumerait une mission spécifique (ici elle inaugure le discours) en même temps qu'elle renfermerait tout le code diégétique. Faut-il déplorer que de tout un roman il ne reste parfois qu'une phrase? Auront défilé ici, pour en éprouver l'hypothèse, quelques sciences du texte dans une tentative qui se donne pour objet de minimiser ce scandale : il y a des moments rémanents de langage, alors que l'immense majorité de ce qui se dit ou s'écrit retombe dans le rien.

NOTES

1. Par là, on n'entend pas souscrire à la censure de l'encyclopédisme sous prétexte qu'elle trouverait sa justification dans une coupure historique, à partir du moment où le savoir ne serait plus totalisable par un seul homme. Car il est, de fait, aussi difficile d'arrêter l'identité du dernier savant total (de Pic de La Mirandole à Leibniz) que de remonter à son premier censeur : déjà Héraclite reprochait à Pythagore sa polymathie.

2. Le rejet des savoirs s'enferme dans un fatras d'alibis aussi contradictoires que les savoirs rejetés : ainsi, la censure qu'exercent les habitants-voyeurs de Chavignolles tantôt s'explique, mais par des raisons cacophoniques, excitée indifféremment par l'échec ou le succès des deux bonshommes, et tantôt se déclenche sans alibi, comme une peur intransitive. De sorte que le savoir total se trouve taboué sans que l'on sache jamais s'il est inaccessible de fait ou de droit. L'énigme redouble quand il s'agit d'autocensure : car l'interruption des recherches est motivée, là encore, par des rationalisations divergentes : tantôt Bouvard et Pécuchet arguent des contradictions internes d'une doctrine, tantôt ils quittent un champ doctrinal pour un autre censé l'intégrer, postulant alors une harmonie mathésiologique.

3. Prenons pour exemple Origène, qui avançait que chaque phrase de la Bible contient en puissance tout le Livre. Flaubert avait lu la *Patrologie* de Migne (Origène sera d'ailleurs cité, p. 279 de *Bouvard et Pécuchet*).

4. Les références paginales renvoient à *Bouvard et Pécuchet*, Garnier-Flammarion, 1966.

5. Queneau, parmi d'autres, l'a affirmé dans une préface notoire : « Ils ne deviennent sages (et ne s'identifient pleinement à leur créateur) que lorsqu'ils compilent leur *album* et leur *dictionnaire* et cessent de vouloir conclure » (*Bâtons, Chiffres et Lettres*, Gallimard, « Idées », 1965, p. 123).

6. C'est la position de Dominique Barkni-Boutonnet dans son article « Bouvard et Pécuchet : deux particuliers », *Poétique,* 82.

7. La prétendue « réhabilitation » occupe tout le roman : « leur intelligence se développa » (p. 39); « leur tête s'élargissait » (p. 104); « l'évidence de leur supériorité blessait » (p. 253); « alors une faculté gênante se développa dans leur esprit, celle de percevoir la bêtise et de ne plus la tolérer » (p. 253); etc.

8. Ces quatre pages précipitent *grosso modo* six mois diégétiques (consacrés à l'exploration parisienne); alors que la rencontre elle-même a occupé six pages et duré à peu près douze heures.

9. P. 84, 110, 203.

10. P. 255.

11. P. 307. Il s'agit du thrène hâtif de Gouy : « Que d'histoires depuis trois ans : la mort de sa femme entre autres. »

12. P. 232.

13. P. 206-207.

14. Qui était représenté par Hilarion dans *La Tentation de saint Antoine.*

15. Si l'on considère comme une date pleine l'indication conjointe du jour, du quantième, du mois et de l'année, il faut admettre qu'il n'existe pas une seule date de ce type dans *Bouvard et Pécuchet*; par ailleurs, la durée nycthémère s'évalue mal : il est souvent « minuit », non sans perversité, dans le roman flaubertien (de même qu'il est souvent dimanche, à la fois temps mort et temps liturgique).

16. Très vite, cette manière d'enregistrer la labilité est censurée. Les héros ont « 47 ans » (p. 36), « 52 ans » (p. 91). Mais après?

17. Naturellement, le temps des saisons ne coïncide pas toujours avec le temps météorologique : c'est le cas du printemps tardif (p. 53).

18. Ainsi, la date du départ à la retraite, compte tenu des marques temporelles et des événements diégétiques, est sans cesse avancée. Une première estimation le rend possible, au plus tôt, à la fin juillet 1841 (lettre du 20 janvier 1839 + seconde lettre de Tardivel + « au bout de six mois » + « encore deux ans »). Une seconde la déporte en mai-juin 1841 (« tout fut payé vers la fin de 1840, six mois avant sa retraite »). Enfin, le déménagement a lieu le 20 mars : le roman ne peut décidément pas attendre que le temps passe.

19. Toute une littérature s'est emparée de ce nom, commentant les répétitions contextuelles *Bou/*levard *Bou/*rdon; postulant des paronomases implicites : Bourdon = Bourdes, etc. L'important reste que l'incipit nous force à nous interroger sur Bourdon, dans les termes généraux du roman : « Qui est-ce, Miss Opy? » (p. 316).

20. Selon le principe de Yonville-l'Abbaye, « ainsi nommée à cause d'une abbaye qui n'existait plus ». De toute façon, l'imaginaire bouvardo-pécuchétiste se choisira les déclencheurs les plus ténus : « ils regrettaient des monuments sur lesquels on ne sait rien du tout comme la maison de plaisance des évêques de Séez » (p. 127).

21. Il n'est pas indifférent que le peintre (1616-1671) ait le goût des pastiches et des sujets hétéroclites – des plus mythiques aux plus triviaux –, traités avec une géométrie stricte et des couleurs légères sur lesquelles se détachent « bleus intenses et blancs éclatants ». L'hypotypose flaubertienne joue, apparemment, des mêmes techniques. On notera l'ordonnance symétrique de l'espace, le grand ciel bleu découpé en plaques d'outremer et les façades blanches qui éblouissent.

22. Flaubert attendra, pour sa part, quatorze ans avant de devenir un hodonyme parisien, en 1894.

23. P. 246.

24. P. 285.

25. Qu'il s'agissait du résultat d'une simple addition (« Bibl. de la Pléiade », p. 1001).

26. P. 302.

27. Quelque chose, peut-être, de la conjonction Charlus-Jupien, du bourdon et de l'orchidée, dans l'incipit flaubertien. Roland Barthes a signalé à quel point la rencontre avait signification amoureuse (dans *Fragments d'un discours amoureux*, Éd. du Seuil, 1977, p. 235).

28. Les couples masculins hantent le *Dictionnaire des idées reçues* : Diderot, toujours suivi de d'Alembert; Cujas, inséparable de Bartole. Homais n'avait pas manqué d'honorer le stéréotype : « laissez donc un peu Cujas et Bartole » (César et Pompée, Gog et Magog).

29. Pécuchet a été inventé dès le début, puis remplacé et réélu : Pecuchet -> Bécuchet -> Manichet -> Pécuchet. Bouvard a surgi en dernier : Dumolard -> Dubolard -> Bolard -> Bouvard. Dans le fait, « Bouvard » ne relève pas de l'onomastique flaubertienne. C'est en tout cas l'anecdote que colporte *Le Figaro* du 11 décembre 1880, plus de sept mois après la mort de Flaubert et moins d'une semaine avant le début de publication dans la *Nouvelle Revue* (le 15 décembre 1880). Zola s'étant vanté d'avoir trouvé pour l'un de ses

personnages un nom excellent : Bouvard, Flaubert, en plein travail, l'aurait, « avec une grosse émotion », « supplié de lui abandonner ce nom ». « Je le lui abandonnai en riant, continue Zola, mais il restait sérieux, très touché, et il répétait qu'il n'aurait pas continué son livre si j'avais gardé le nom. Pour lui, toute l'œuvre était dans ces deux noms : *Bouvard* et *Pécuchet*. Il ne la voyait plus sans eux. » L'anecdote marque superbement les nécessités et les limites de la critique génétique : ce qui vient avant n'est pas plus pertinent que ce qui vient après; ce serait même le contraire si tant est, selon le renversement pascalien, que l'on doive trouver en dernier ce qu'il fallait mettre en premier, quitte à trouver ailleurs la « vérité » du dernier état.

30. Voir la note précédente.

31. Dans *Pages, Paysages*, Éd. du Seuil, 1984.

32. « Car enfin, si nous n'étions pas sortis pour nous promener, nous aurions pu mourir sans nous connaître » (p. 36).

33. « Dans *Madame Bovary*, « bourdonner » trahit les fastes de la ville : le « bourdonnement des théâtres » (« Bibl. de La Pléiade », p. 332), la « musique de bal » (p. 360), mais aussi l'agitation bucolique : à la mort de Charles les « cantharides » bourdonnent. Dans *Salammbô*, « un long moustique » bourdonne (« Bibl. de La Pléiade », p. 780) pour désigner le désir métonymique de Matho dans la chambre de l'héroïne. Dans *Bouvard et Pécuchet*, les « insectes » bourdonnent (p. 120), ou les tempes de Bouvard, à jeun, quand il pense à la fin du monde (p. 95).

34. P. 120.

35. Marcel Proust : « Plus loin, le " ils " qui se rapporte à des chapeaux veut dire des personnes, etc. » (*Essais et Articles, Contre Sainte-Beuve*, « Bibl. de la Pléiade », p. 588).

36. « Ils furent bien aises d'apprendre que *leur*, pronom, s'emploie pour les personnes, mais aussi pour les choses, tandis que *où* et *en* s'emploient pour les choses et quelquefois pour les personnes. »

37. En chimie, la « molécule primordiale » se divise pourtant, et « cesse d'être l'unité » (p. 85).

En théologie, « La Raison vous dit : le Tout enferme la partie, et la Foi vous répond par la substantiation : Jésus communiant avec les apôtres avait son corps dans sa main et sa tête dans sa bouche » (p. 285).

Claudie Bernard

Démomification et remomification de l'Histoire

Le Roman de la momie de Théophile Gautier

Bien qu'il se soit, dès *Les Jeunes France*, élevé contre l'abus romantique du style « moyenâgeux » et de ces pontifs que Balzac appelait « walterscottés », Gautier prosateur est, avec sa génération, resté remarquablement fidèle à l'Histoire. Entre *Mademoiselle de Maupin* (1835), situé dans un XVIIe siècle de fantaisie, et *Le Capitaine Fracasse* (1863), picaresque évocation des comédiens ambulants du temps de Louis XIII, s'échelonne toute une série de nouvelles « antiques » qui, au déplacement chronologique, ajoutent le dépaysement géographique : « La chaîne d'or » nous entraîne en Grèce; « Le roi Candaule », dans une Lydie fabuleuse; « Arria Marcella », dans le Pompéi du Ier siècle; tandis qu' « Une nuit de Cléopâtre » et « Le pied de momie » explorent, plus de quinze ans avant *Le Roman de la momie* (1857), les ressources de l'Égypte.

L'Égypte, pharaonique ou arabe, est alors à la mode. Découverte au tournant du siècle lors de l'expédition de Bonaparte, elle est présente depuis 1836 en plein Paris avec l'obélisque de Louxor, qui inspire en 1851 les « Nostalgies d'obélisques » d'*Émaux et Camées*. Elle passionne les artistes. *La Mille et Deuxième Nuit* et le livret du ballet *La Péri*, que Gautier donne en 1842-1843, ont pour cadre Le Caire musulman, et son compte rendu du *Mosè in Egitto* de Rossini, en 1852, annonce le registre plus archaïque du *Roman de la momie*. L'ancien élève de Rioult et le critique d'art s'exalte devant les toiles de peintres orientalistes comme Decamps ou Marilhat. Enfin, n'ayant pu pousser son périple de 1852 que jusqu'à Constantinople, l'écrivain parcourt avec avidité les récits des voyageurs qui se sont succédé sur les bords du Nil : observations de Chateaubriand dans *L'Itinéraire* et *Les Martyrs*, *Voyage en Orient* de Nerval, carnets de Flaubert, et surtout notes et photographies de Maxime Du Camp. Les fouilles des archéologues et les déchiffrements de Champollion ont par ailleurs stimulé les savants, traités avec quelque désinvolture mais abondamment exploités dans le roman. L'une des *Lettres écrites d'Égypte et de Nubie* de Champollion a donné naissance au personnage de l'hypothétique reine Tahoser. Les interminables descriptions démarquent de près les ouvrages illustrés de Passalacqua, Rossellini ou Wilkinson, que Gautier trouvait dans la bibliothèque de son ami Ernest Feydeau, ainsi que celui de Feydeau lui-même, *Histoire des usages funèbres et des sépultures chez les peuples anciens* [1].

« L'histoire est de vous, le roman est de moi », affirme Gautier dans la dédicace de son livre à Feydeau ; « je n'ai eu qu'à réunir par mon style, comme par un ciment de mosaïque, les pierres précieuses que vous m'apportiez » (p. 149 [2]). Cette emphatique déclaration nous donne quelques clés pour la lecture du roman historique qu'elle inaugure, en en précisant le statut et le fonctionnement.

Le roman historique est combinaison d'Histoire et de roman. Mais de quelle Histoire s'agit-il ? Non point à proprement parler du passé, des civilisations d'autrefois, des *res gestae* pour reprendre la formule de Hegel, mais bien du discours sur le passé, de la discipline préposée à la conservation et à l'élucidation des civilisations d'autrefois : c'est à cette *historia rerum gestarum* que renvoie la proposition « L'histoire est de vous ». Qu'en serait-il du reste des *res gestae* sans les récits qui les enregistrent, ou les constituent [3] ? L'Histoire qui intervient dans le roman historique est donc d'emblée langage, plus précisément langage « cité » ; destinataire de la dédicace et récepteur privilégié de l'œuvre, Feydeau est aussi, en quelque sorte, le pré-auteur de cette œuvre. Or, écriture d'avant l'écriture (romanesque), son écriture (historiographique) a été elle-même informée par d'autres écritures antérieures, historiographiques (le corpus savant avec lequel dialogue le chercheur) et plus directement historiques (les documents épigraphiques et paléographiques qu'il analyse). Et tant s'en faut que le « ciment » fictionnel harmonise ou camoufle l'hétérogénéité des « pierres précieuses » ainsi rassemblées par l'érudit.

« [...] le roman est de moi. » Or, en présentant son apport comme humble travail de maçonnage, Gautier feint d'oublier que, loin d'être un liant neutre et uniforme, le « ciment » qu'il manie est lui aussi le produit d'une tradition scripturale, d'un intertexte disparate. Ce n'est pas tout. Dans le « roman historique », le roman, substantif, susbtance, genre, garde la préséance sur l'Histoire qui, sous forme adjectivale, le qualifie ou le spécifie ; la dédicace cependant inverse cette hiérarchie : comme si ce n'était pas l'agencement littéraire qui met en valeur, occulte, organise les éléments de la mosaïque, y fait surgir des motifs et des significations. Le bénéfice de cette manœuvre est de laisser les « pierres précieuses » briller de tout leur éclat. Il suffira de négliger le fait que l'*historia rerum gestarum* elle aussi arrange ses matériaux, recrée son objet, pour que l'Histoire-passé, les *res gestae* semblent venir scintiller à la surface du texte, en miettes certes du fait de leur ancienneté, mais offertes à notre appréhension fétichiste comme fragments d'événementialité pure.

La comparaison du roman historique à une mosaïque s'avère donc truquée : c'est à une sorte de palimpseste minéral que nous avons plutôt affaire. La profondeur palimpsestique est indissociablement dimension de langage et dimension de temps. Et elle nous rappelle que l'entreprise historienne comme la production romanesque sont elles-mêmes historiques, c'est-à-dire datées, et ne vivent que de susciter une écriture ultérieure, rectification ou réinterprétation, sous peine de se figer dans la pérennité futile de pièces de musée.

En louant son dédicataire d'avoir « *ressuscité* une gigantesque civilisation disparue » (p. 149), Gautier reprend un cliché romantique et plus spécifiquement michelétien aussi peu innocent, en fait, que l'image parnassienne de la mosaïque. Comme le schème de la « dissection » que lui préféreront les positivistes, la résurrection suppose la mort. Qu'est-ce au fond que l'Histoire-passé, sinon une accumulation de cadavres et de ruines, et l'Histoire-discours, un obituaire? La mort constitue la ligne de démarcation, perpétuellement mouvante bien sûr, entre l'objet de l'Histoire, toujours traité, fût-il vivant, comme défunt, et son sujet, qui, même défunt, se survit en tant que sujet parlant. Que sera, dans cette perspective, la parole de ce sujet? Sa fonction me semble double. D'une part, dans la mesure où les morts nous restent chronologiquement ou culturellement proches, où ils importent à la définition de notre identité, elle a pour tâche de les « évoquer », la résurrection représentant la forme métaphorique extrême de cette tentative. D'autre part, et parce que les morts, si familiers qu'ils aient été, nous sont devenus radicalement autres, parce que leur voisinage nous gêne et que leur sort nous angoisse, elle cherche à les « conjurer »; l'Histoire, écrit Michel de Certeau, « joue le rôle d'un rite d'enterrement; elle exorcise la mort en l'introduisant dans le discours ». Et lorsqu'il remarque : « parler des morts, c'est également dénier la mort et quasi la défier » [4], sa formule se prête à deux interprétations; car dénier la mort, ce peut être s'ingénier à arracher les morts à la mort, mais aussi bien les y enfoncer, les remettre à leur place et à leur date de morts afin de purger notre présence et notre présent de cette terrifiante hypothèque.

C'est toute l'ambiguïté de l'effort de « commémoration » de l'Histoire. La commémoration en effet rappelle à la mémoire et en un sens à la vie, elle immortalise; mais en même temps elle entérine la disparition, elle est constat de décès – davantage : en coupant définitivement son objet des souvenirs épars mais concrets qui lui subsistaient, son exposé détaché, impersonnalisé, le tue en quelque sorte une seconde fois. « Monument » en tant qu'artifice mnémotechnique, l'Histoire est un monument « aux morts » : elle pétrifie ce qu'elle pérennise. Les pierres amassées par l'égyptologue Feydeau ont permis la reconstitution de toute une architecture écroulée : « sur vos pas je me suis promené dans les temples, dans les palais, dans les hypogées, dans la cité *vivante* et dans la cité *morte* » (p. 149) – la brutalité de l'écroulement demeure [5].

Or, tout en saluant le savoir historique qui lui sert de fondement, le roman historique a la capacité de le démonumentaliser [6]. Tout d'abord, au lieu de représenter abstraitement le passé, il lui rend pour le temps l'urgence et la contingence d'un quasi-présent. Temples, palais, hypogées retrouvent ainsi une fonction quotidienne, et, au lieu du regard rétrospectif de l'archéologue, accueillent celui, tourné vers l'avenir, de protagonistes ignorant la suite de l'Histoire. Ensuite, aux grands faits retenus par le chercheur, le roman juxtapose ou même substitue les petits faits de la chronique locale et les fantasmagories des passions ; les édifices royaux perdent de leur arrogance, réinsérés dans le contexte de labeur et d'émotions qui fut peut-être le leur. Peut-être, bien sûr : car alors que le monument est assertif et que l'érudition ne multiplie les interrogations que pour faire lever des certitudes, le roman joue délibérément, lui, des « possibles » qu'ils négligent. C'est ainsi que d'une supposition de Champollion il tire les aventures de Tahoser, écartée – peut-être parce que femme – de la grande Histoire. Mieux que toute autre stratégie, l'adoption de cette perspective « déplacée » sur la civilisation pharaonique pourrait contribuer à déconstruire nos idées reçues sur cette période classique. Au roman historique en effet il appartient de nous faire voir autrement le familier, et de mettre en évidence les exclusions, les colmatages forcés, les fissures secrètes, toute une part d'inconnu dans le monument de la connaissance.

Il est vrai que la tentation est grande pour lui de se laisser fasciner par les pierres des surfaces et, en les sertissant dans sa mosaïque, de produire un monument parallèle. *Le Roman de la momie* n'évite pas ce piège. Son ambition de « ressusciter » une tranche de passé, ou plus exactement une femme momifiée, *a priori* facilitée par le fait que les catégories de vie et de mort s'appliquent mal au personnage « fictif » de Tahoser, débouchera, dans le récit même, sur la dissémination de la mort et sur la perversion nécrophilique de la vitalité désirante.

« Vous avez soulevé devant moi le voile de la mystérieuse Isis », proclame enfin la dédicace à Feydeau (p. 149). Tout se passe comme si le « dévoilement » didactique proposé par le traité d'Histoire était simultanément dévoilement érotique ; la découverte, déshabillage ; et l'attirance intellectuelle, voyeurisme. Le voile d'Isis, qui n'est pas sans rapport avec le manteau de Tanit dans *Salammbô*, s'interpose, interdit [7] ; le soulever, c'est transgresser, franchir la barrière morale et ontologique – de même que l'opération de résurrection livresque outrepasse, non sans une pointe de sacrilège, la limite entre le révolu et l'actuel, la mort et la vie. Mais le voile est un écran qui montre en cachant, un obstacle qui invite en repoussant – et leur disparition même ne devient-elle pas, pour les défunts, une sorte de parure ; leur dérobade, un appât pour les curieux de l'avenir ?

Isis, dont on prétend percer les arcanes, est à la fois figure de Mère et figure d'Épouse. Tahoser, de son côté, est infiniment vieille, puisque contemporaine de Moïse, mais dans son histoire à peine âgée de vingt ans : le romancier qui la dénude représente à la fois son très lointain descendant et son soupirant. Soupirant transi certes, du fait de l'interposition de distances incalculables et de trois millénaires irréversibles ; ce qui désamorce le caractère incestueux de la relation. Gautier aime cependant se rêver d'un autre temps et d'un autre lieu que les siens : « On n'est pas toujours du pays qui vous a vu naître, et, alors, on cherche à travers tout sa vraie patrie. [...] Moi, je suis Turc, non de Constantinople, mais d'Égypte. Il me semble que j'ai vécu en Orient [8]... » Et, pour peu que mal du pays et mal du siècle s'exaspèrent, la nostalgie se projette, à travers cet Orient arabisé, vers celui des origines mythiques, où retrouver l'amante ou la mère antérieure dans une adoratrice de la déesse Isis [9].

Prolégomènes : vol et viol de la momie

Le Roman de la momie se compose, un peu comme un sarcophage, de deux éléments emboîtés que, reprenant la terminologie de Genette, j'appellerai « diégétique » et « métadiégétique » : entre un long prologue situé dans l'Égypte des explorateurs et des touristes et un bref épilogue européen – tous deux approximativement contemporains de la narration –, le « corps » du récit nous entraîne environ quinze siècles avant notre ère. Tout en établissant un lien et un jeu de perspectives entre deux époques placées aux deux pôles du calendrier historique, cette structure assure l'encadrement et le contrôle de l'entreprise toujours quelque peu risquée qu'est l'exhumation d'une civilisation éteinte.

Devant nous ramener à une période encore proche des origines mythiques, du point zéro du devenir, la vallée de Bihan-el-Molouk, où se déroule le prologue, constitue une sorte de degré zéro du paysage, sans vie, sans végétation, sans eau sur le roc nu. Or, ce chaos est aussi un décor d'apocalypse : « on eût dit les tas de cendres restés sur place d'une chaîne de montagne brûlée au temps des catastrophes cosmiques dans un grand incendie planétaire » (p. 160) ; au commencement déjà, la destruction et la mort. Ce site décharné qui recèle les hypogées des anciens rois de Thèbes apparaît lui-même, métonymiquement, comme un immense tombeau. Il n'a presque plus rien de naturel : « on eût dit une coupure pratiquée de main d'homme à travers l'épaisse muraille de la montagne », ellemême semblable à de gigantesques ruines. Et il est jonché des « entrailles émiettées » du sous-sol lybique (p. 161), évidé par les excavations successives comme les corps lors de l'embaumement : ces roches, « en pleine décomposition sous l'implacable soleil » ou déjà comparables à des « ossements de mort calcinés au bûcher » (p. 159), sont un cadavre dont Ammon-Râ, le dieu solaire déchu, organise pour se venger la désagrégation.

Et certes la métadiégèse va s'employer à restituer à ce désert sa luxuriance et son animation de jadis. Mais elle s'achève, cette métadiégèse, sur un autre espace de néant que traverse Pharaon à la poursuite des Juifs conduits par Moïse. Dans cette plaine qui fait penser aux âges où « la terre était encore à l'état de limon », l'Apocalypse et sa « pluie de feu qui ruisselait du ciel » viennent de nouveau se superposer aux genèses ; « la terre écorchée laissait voir ses os » (p. 339). C'est que si l'exode vers la mer Rouge marque pour les Hébreux une renaissance et pour notre tradition judéo-chrétienne un redépart, dans le roman il sonne par avance le glas de l'hégémonie égyptienne et païenne. La mort est ainsi le lieu (commun) fondamental où se rejoignent la diégèse et la métadiégèse.

Mais revenons à la diégèse, pour voir surgir dans la Vallée des Rois deux stéréotypes contrastés de la civilisation européenne moderne : un professeur allemand et un dandy londonien. Doté d'un nom en *-us*, d'un habit noir hachuré d'encre, d'un corps ingrat et d'une intarissable cuistrerie, le premier est tout entier du côté de l'esprit spéculatif ; l'autre, d'une beauté irréprochable et d'une mélancolie hautaine, est voué à la passion romantique. Ni le docteur Rumphius ni lord Evandale ne s'intéressent au *hic et nunc* ambiant, trop absorbés l'un à enrichir son trésor archéologique, l'autre à dépayser son spleen. Ils échappent au *hic et nunc* d'une manière plus inquiétante aussi. Sa distinction « trop parfaite pour un homme » confère au disciple de Brummel quelque chose de la statuaire antique, sa face semble la « copie en cire de la tête du Méléagre ou de l'Antinoüs » (p. 152) ; tandis qu'avec son crâne chauve et son nez proéminent son compagnon évoque un « dieu ibiocéphale, comme on en voit sur les fresques funèbres » (p. 154). L'humour, constant dans le prologue, ne doit pas masquer l'importance de ces comparaisons, qui, en identifiant l'homme à l'objet immensément reculé, factice ou macabre de sa préoccupation, amorcent sa pétrification, voire sa momification. Quant au troisième Européen qui, sortant de « la gueule noire d'un sépulcre » (*ibid.*), s'offre à leur faire visiter les hypogées, « il ne transpirait non plus qu'une momie » (p. 164).

Ce comparse, cliché du Grec rusé dont la patrie représente le mi-chemin géographique et la transition culturelle entre l'Orient antique et l'Occident moderne, remplit sur tous les plans un rôle d' « intermédiaire ». Thématiquement, sa physionomie est un mixte de grossièreté et d'obséquiosité, et son parler, un jargon hybride ; narratologiquement, en tant que guide, il met en contact les deux voyageurs et l'objet de leur recherche ; professionnellement, par sa fonction de marchand, il assure l'échange entre des biens et de l'argent, des choses et des signes : « je déterre des Pharaons, et je les vends aux étrangers. Le Pharaon se fait rare [...]. L'article est demandé, et l'on n'en fabrique plus depuis longtemps » (p. 157). Mais le négoce tombé en désuétude des embaumeurs égyptiens a engendré un négoce complémentaire : les cadavres qu'ils furent payés pour momifier sont maintenant payés, et fort généreusement, pour être démomifiés. A côté des bijoux et bibelots trouvés dans les sépultures, et dont la valeur conventionnelle se fonde en gros sur le poids d'or – l'équivalent universel –, Argyropoulos trafique de dépouilles appréciées d'une poignée d'amateurs, pour des sommes entièrement arbitraires ; les mille guinées réclamées à Evandale ont paru exorbitantes avant de s'avérer bien modiques.

Les profits d'Argyropoulos sont doublement illicites. L' « entrepreneur de fouilles » (p. 154) s'est approprié les ressources du sous-sol égyptien et en expulse la concurrence sans autre droit que celui du colonialiste économique, le droit du plus fort ; et si écouler au meilleur prix est dans l'ordre commercial des choses, le « *fabriquant* d'antiquités, vendant du neuf au besoin à défaut de vieux » (*ibid.*), escroque ses chalands européens. Mais le voleur est doublement menacé de vol – par les indigènes détrousseurs de tombeaux, et par les collectionneurs eux-mêmes, curieusement rapprochés des détrousseurs : « les uns cherchent l'or, les autres la vérité, les deux choses les plus précieuses du monde » (p. 167). La seconde aussi est monnayable, puisque le Grec calcule qu'« il retirerait plus d'argent de la vérité que du mensonge » (p. 155); et sa cession peut être frauduleuse : « nous avons volé le sieur Argyropoulos », constatera Rumphius (p. 189).

La plus-value de la momie, insoupçonnée du Grec, provient d'un rouleau de papyrus découvert après coup sur elle : l'écriture a sa valeur financière. Cela est assez clair dans l'espèce de marché que le professeur Rumphius a passé avec lord Evandale; l'un ayant le savoir et l'autre les moyens, l'aristocrate oisif défraie l'expédition, en reconnaissance de quoi le roturier diligent lui dédiera sa thèse : de la science contre des bank-notes, des signes linguistiques contre des signes monétaires. Et quand Gautier dédie son œuvre à Feydeau, c'est à une transaction voisine, quoique entièrement verbale, que nous avons affaire : du roman contre de la science. On pourrait d'ailleurs accuser le romancier historique d'imiter Argyropoulos : de donner du neuf pour du vieux et de fabriquer une momie en toc...

Cette momie, confie Argyropoulos, « c'est un trésor que j'ai précieusement gardé pour quelqu'un qui en fût digne » (p. 157); le « trésor » évoque alors quelque virginité vénale tenue en réserve pour un client de choix, et Argyropoulos, l'intermédiaire commercial, fait figure d'entremetteur. Tout concourt à donner à la fouille qu'il organise un caractère sexuel. La descente dans le labyrinthe funéraire – par des corridors de plus en plus étroits, des pentes de plus en plus périlleuses, des seuils de plus en plus solennels, des portes de mieux en mieux cachées, tout cela dans une chaleur irrespirable – ne représente pas seulement la succession des épreuves traditionnellement infligées aux initiés dans leur quête gnoséologique. Sous la surface stérile du sol se révèle toute une anatomie fortement féminisée, depuis la catachrèse du « sein » ou de la « bouche » de la caverne jusqu'aux images plus hardies du « ventre » (p. 165), du « caecum » (p. 169) et des « poumons embrasés » (p. 164). Que cherchent d'ailleurs nos deux explorateurs sinon une « tombe inviolée » par l'Histoire, et qui leur livrerait son « mystère vierge » (p. 151)? La rupture du sceau d'argile garant de l'intégrité de la syringe sous les coups du pic phallique, la « mise à nu » de mignonnes statuettes (p. 164), une torche jetée au fond d'un puits dans un crépitement d'étincelles qui en laisse l'ouverture palpitante comme un « œil sanglant » (p. 166) – autant d'indications peu douteuses de la défloration symbolique à laquelle procède cette équipe d'hommes suants et peu à peu contraints à se dévêtir.

Or voici qu'en avant du sarcophage, Evandale, qui s'attendait à avoir « la virginité de la découverte », remarque avec stupéfaction la trace d'un devancier : l'empreinte fossilisée d'un pied, « le pied du dernier prêtre ou du dernier ami » (p. 172). Le cadavre si bien cloîtré a donc été visité, trente-trois siècles avant les

Européens, par des figures non moins équivoques qu'eux, puisque « ami » peut faire référence à une relation charnelle ou non, et que les ensevelisseurs étaient soupçonnés de commerce infâme avec les morts qu'ils manipulaient. N'importe qui peut mettre son talon dans ce vestige dont l'existence prostitue en quelque sorte la dépouille. Ajoutons que les nombreux simulacres qui veillent sur la sépulture présentent, avec leur grand œil peint de face sur leur visage de profil, une insistante allure de voyeurs.

La pénétration se poursuit avec le crochetage des cercueils emboîtés, l'ouverture du cartonnage et le retrait des bandelettes, jusqu'à l'émergence de la morte invraisemblablement intacte, parfumée et parée, au milieu de son « coquet arsenal de toilette », « comme si elle eût voulu séduire les génies de l'empire souterrain » – soit Rumphius comparé à un « génie funèbre », et Evandale pareil au « divin Osiris » (p. 182-183). Les deux hommes s'emploient à « dépouiller à l'aise ce document historique » (p. 179), à « soulever le voile qui cache le secret... » (p. 185) : on retrouve le double sens – déchiffrage et déshabillage – de l'investigation historique, avec ici la nette suggestion d'une complicité, voire d'une provocation de la part de l'objet d'observation, malgré sa pose pudique de Vénus de Médicis [10].

Il ne faut pas oublier du reste que la somptuosité du tombeau a longtemps laissé supposer qu'il s'agissait de celui d'un roi. Les nécropoles des reines, moins bien construites, ont été pillées, et leurs occupantes, grossièrement bitumées, ne sauraient reprendre une apparence de vie [11]. Qu'une femme accapare ainsi la place d'un homme, « ceci dérange » : dérange chez Rumphius les idées reçues sur l'Antiquité, en pointant vers « quelque mystère perdu de l'histoire » (p. 179), dont va profiter l'auteur du *Roman de la momie*; dérange chez Evandale les certitudes sur la séparation des sexes – à moins que cela n'arrange, chez ce dandy quelque peu efféminé, une certaine tendance à l'hermaphrodisme, léguée par l'auteur de *Mademoiselle de Maupin*.

La lente progression vers le « centre de la terre » (p. 166) est aussi pour les explorateurs une régression : l'ombilic de la terre mère n'est-il pas le lieu mythique des origines, philogénétiques et ontogénétiques? Il n'est pas surprenant que la descente prenne parfois un aspect onirique, voire cauchemardesque : car l'incursion dans « l'oubliette » (p. 167), l'oublié de l'Histoire ou le refoulé biographique, en subvertissant le cours du temps dans un coupable désir de remise au jour, ou « résurrection », de l'enfoui, risque un terrible châtiment – « nous ne devons pas être bien loin du séjour des damnés » (p. 165). Evandale éprouve « une sorte d'horreur religieuse [...] en violant ce palais de la Mort » (p. 174), de la Morte vénérable, de la Mère archaïque; « si le Pharaon allait [...] me frapper de son sceptre! » (*ibid.*), dans le geste vengeur du Passé profané, dans le geste castrateur du Père œdipien outragé [12]?

Enfin, si pour Evandale comme pour Gautier la momie est l'amante et l'aïeule,

Rumphius, qui l'extrait en habile accoucheur de sa boîte-matrice puis la démaillote de ses bandelettes, telle « une mère voulant mettre à l'air les membres de son nourrisson » (p. 185), Rumphius, donc, la traite comme une enfant (son enfant?), la « résurrection » devenant alors (re)mise au monde. Cette dernière phase du dévoilement s'effectue non plus dans le caveau, mais sur l'autre rive du Nil, dans la cange des savants, où la momie aborde en « refaisant en sens inverse la promenade funèbre qu'elle avait accomplie du temps de Moïse » (p. 179) – en remontant symboliquement, outre le cours de son histoire personnelle jusqu'à ses origines, celui de l'Histoire collective.

Seulement, l'intérieur intimiste de la cange s'avère « assez semblable, tant les formes changent peu en Égypte, au naos de la barque funéraire » (*ibid.*) ; et le yacht des Européens, « aménagé comme un boudoir » (p. 153), en entraînant ensuite la momie vers l'Angleterre, ne prolonge que trop bien l'itinéraire du « taureau Apis [l']emportant vers les régions de l'Occident » en vue de ses métamorphoses posthumes (p. 169). Le calendrier ne se laisse pas si aisément prendre à rebrousse-siècles. Et elle s'éclipse vite, l'impression d'Evandale que « la roue du temps était sortie de son ornière », qu' « une main invisible avait retourné le sablier de l'éternité » et que les milliers d'années écoulées « recommençaient leur chute » (p. 173). Car dans la durée linéaire constitutive de notre *épistémè* le cycle (la roue, le retournement) reste pris sur un vecteur (l'ornière, la pente) à l'élan irrésistible.

Mais là où l'Anglais échoue à se persuader que « l'histoire était comme non avenue : Moïse vivait, Pharaon régnait » (p. 173), le roman saura ranimer ces grandes figures et, du non-avenu, ou non-advenu, tirer une illusion de devenir. Prenant appui sur le mouvement de rétrogression chronologique des archéologues, il effectuera le saut de trente-trois siècles et amorcera un mouvement de progression narratologique. Opération rendue possible par la capacité qu'il a, bien mieux que la science historique – tenue à la vérification et à la critique –, de mettre entre parenthèses ce présent qui cependant délimite et complète (toujours provisoirement, bien sûr) l' « imparfait » de son récit, et cette mort qui seule justifie son entreprise de résurrection fictive [13].

De l'Histoire antique à l'Histoire sainte, ou la déroute du roman historique

Venons-en donc à la métadiégèse, qui redresse et repeuple les colossales ruines de Thèbes. Or la Thèbes vivante, saisie dans la torpeur d'un après-midi non moins caniculaire que celui du prologue, offre d'abord « l'aspect d'une ville *morte* » (p. 191). Ses *dromoi* déserts, ses résidences bâties « avec des quartiers de montagne » (p. 228) rappellent l'aride Vallée des Rois, et ses forteresses à la géométrie labyrinthique et aux luxueuses décorations, les hypogées. Dans les appartements de Tahoser, pleins de « l'ennui lumineux de l'éternel azur » (p. 193), on retrouve jusqu'aux menus objets découverts dans sa dernière demeure.

La réanimation de la ville va passer par l'antithèse thématique de la pierre : la végétation, qui couvre de cultures et de jardins les rives aujourd'hui désolées du Nil et déverse dans les intérieurs « des fleurs, encore des fleurs, partout des fleurs! » (p. 234). La plante contribue, métonymiquement et métaphoriquement, à la démomification de la femme, qui s'en pare et dont la chair semblable à « une fleur trop chargée de parfums et d'amour » (p. 277) tente l'homme, terré dans ses palais aux « monstrueux bois de colonnes » (p. 280), aux « énormes fleurs de granit » (p. 284), comme une bouffée de nature et de vie dans un univers dé-naturé. Et certes, l'arrachement à l'ossification ambiante se paie – par l'imminence de la mortalité; les belles que le mâle rejette « comme des fleurs, après les avoir respirées un instant » (p. 311), se fanent presque aussi vite que les couronnes que nous déposons, illusoire symbole de survie, sur les tombes de nos cimetières. L'espèce d' « anthologie » que compose Gautier leur aura quand même un moment rendu leur éclat.

Un autre élément essentiel à la réanimation de Thèbes est l'eau – le Nil, dont le courant limoneux s'était solidifié dans les amphores de l'hypogée, et les embarcations, immobilisées en nefs symboliques sur les fresques. La métadiégèse rend au fleuve sa puissance fertilisante et son rôle de grande voie de communication. Le Nil organise l'espace urbain et les allées et venues des personnages, en s'interposant entre tous les amants respectifs. Il recouvre en outre son statut de ligne de démarcation entre les zones de vie et le quartier des ensevelisseurs et des nécropoles, alors en pleine activité, car « le travail de la mort ne s'arrête jamais » (p. 211) – aussi longtemps du moins que la mort reste un événement au lieu d'être un état. En ce sens il est vrai, il figure déjà le fossé qu'on ne retraverse pas – ou, comme la momie de Tahoser, que transgressivement – et le « flux » irréversible du temps.

Thèbes est la cité de Pharaon – Pharaon qui, en l'absence de nom et de dates spécifiques, revêt un caractère plus légendaire qu'historique. Ce favori d'Ammon-Râ est lui-même un « Soleil vivant brûlant les yeux éblouis » : un dieu, et un dieu de la mort, comparé à « Osiris jugeant les âmes » (p. 221), voire à son meurtrier Typhon (p. 227). Ou plutôt, ce roi dont l'effigie monumentale est répétée en vingt endroits est la « représentation » du dieu, « une divinité de bronze et de basalte » engourdie dans une « sérénité granitique » (p. 221-222). Ou même, avec sa brassière de bandelettes, « sa pâleur morte, ses lèvres scellées, ses yeux fixes [qui] ne regardaient que l'éternité » (p. 221), il est une momie. Momie sans sympathie pour les vivants. Autocélébration de l'hégémonie égyptienne, son triomphal retour de guerre s'annonce comme un cataclysme, « tonnerre terrestre » (p. 215), « catastrophe de la nature » (p. 224). Pharaon s'y dresse en « conculcateur de peuples » et aussi, en un sens, du sien propre, qui, pour l'encenser, a déserté Thèbes comme un « campement de peuple en migration » (p. 214), ou « comme si un conquérant [l'] eût emmené en captivité » (p. 211) : images qui rapprochent par avance les oppresseurs de la nation déracinée qu'ils ont réduite en servitude, les Hébreux.

Il est non moins symptomatique que le Nil obstrué par la foule ressemble à « un soleil brisé en millions de pièces » (p. 208). Car Pharaon, soleil incarné, sera brisé par la résistance israélite, et si complètement que son corps noyé ne rejoindra jamais le tombeau où devait se parfaire son immortalité. Le tombeau sera occupé par Tahoser – usurpé, comme le prétend l'Allemand du prologue? Légué, Pharaon dans la métadiégèse ayant déclaré : « si je meurs, tu seras reine d'Égypte » (p. 337)? Le lecteur – qui, entre ces interprétations fournies l'une par l'Histoire, l'autre par le roman, penche pour la seconde – peut bien se demander comment la femme jusque-là exclusivement saisie dans sa vie privée saura se substituer à l'homme public par excellence. L'épilogue occulte cavalièrement cette partie proprement historique de l'histoire : « Tahoser attendit en vain Pharaon et régna sur l'Égypte, puis elle mourut au bout de peu de temps » (p. 342), passant presque sans transition de l' « attente » à la « mort », d'une léthargie à une autre. A ce niveau métadiégétique aussi, la mort qui était au commencement s'impose à la fin.

Bien avant les Européens du XIXe siècle – qui traitent les fellahs du prologue comme des accessoires, outils ou bêtes de somme, dans leurs tractations scientifiques, économiques ou libidinales – Thèbes connaît les gloires et les périls de la colonisation. Elle exploite ses voisins, lève des tributs et des esclaves; ses faubourgs et les fresques de ses palais égrènent un véritable « défilé ethnographique », de l'Égyptien magnifié à « l'Européen ou Tamhou, le plus sauvage de tous... » (p. 308). Quant à savoir si cet Européen s'est rattrapé au cours de trois millénaires, Rumphius, confiant dans l'expansion de la bourgeoisie dont il est issu et qui l'emploie, et Evandale, attaché à une caste et des valeurs périmées qui ne laissent d'exutoire à ses ressources que le loisir et le mécénat, ont des vues assez divergentes. Rumphius l'historien convient cependant que « nous sommes vraiment des barbares », en ce qu'à la différence des Égyptiens « nous n'avons plus le sens délicat de la mort » – en l'occurrence, « le sens de l'éternité » (p. 183-184). Mais n'est-ce pas justement parce qu'ils ont eu le sens de la mort comme sens de l'éphémère et du mouvant que, contre le mythe antique, les Européens optèrent pour l'Histoire, l'*historia rerum gestarum*, laquelle, outre le champ des *res gestae*, leur a ouvert celui de l'Histoire comme « devenir » ou « temps », progrès ou décadence, mais toujours novation?

Quoi qu'il en soit de la perfectibilité du « Tamhou », la Thèbes impérialiste fait penser à la Carthage de *Salammbô*, menacée par son expansion même. Avec deux différences : Flaubert élude et l'Europe et la principale adversaire des Puniques, Rome, notre origine ethnique et culturelle, au profit de mercenaires pour nous totalement étrangers ; au lieu que Gautier oppose aux Égyptiens, outre trois Européens modernes, ces Juifs d'où est issue la tradition chrétienne et que l'Occident a si bien intégrés et persécutés. Avec l'intervention des Juifs dans ses derniers chapitres, le roman historique change de direction : l'Histoire antique débouche sur l'Histoire sainte, l'intertexte spécialisé laisse place aux épisodes beaucoup plus familiers de l'Exode, et la reconstitution pseudo-réaliste verse dans le surnaturel.

Les Hébreux, relégués à la périphérie de la ville, sont commis à la fabrication de briques – à la construction des monuments et à l'exaltation de la grandeur pharaoniques. Seulement, l'érection de leur monument à eux – le Livre – va secouer les assises mêmes de la pérennité égyptienne, sous la direction de cet imposant maître d'œuvre, Moïse. Pour convaincre Pharaon de laisser sortir Israël d'Égypte, Moïse se dresse en rival des hiéroglyphites païens, « jaunes et desséchés comme des *momies* » (p. 234), et du tyran lui-même – dont il partage, avec ses traits pareils à « des traces de ciseau sur du granit » (p. 321), la majesté statuesque. Mais chez le patriarche, qu'on crédite de pouvoir ressusciter les morts, « une âme plus énergique que l'âme humaine *vivifiait* [le] corps » (*ibid.*) : l'esprit réveille la lettre (morte) de l'analogie sculpturale, tandis que le « soleil invisible » émanant de lui (*ibid.*) éclipse l'auréole ostentatoire de son adversaire.

De même qu'en l'abordant par le biais de Tahoser *Le Roman de la momie* se donnait la possibilité de démonumentaliser l'Histoire d'Égypte, en appréhendant les miracles mosaïques par les yeux des Égyptiens – parmi lesquels Tahoser, désormais transformée en comparse angoissée – il nous invite à relire autrement la Bible [14]. Les rencontres entre Mosché assisté du grand prêtre Aharon et Pharaon entouré de ses devins sont marquées, dans le roman historique, par une dégradation de l'antagonisme en « compétition » et surtout du mythique en magique – « enchantement » (p. 329) ou même « tour de passe-passe » (p. 326) –, due à l'insertion du sacré dans un contexte *a priori* réfractaire – et qui ne pourra plus, après cette intrusion, se reformer comme tel.

Indépendamment des significations que lui attribue l'exégèse biblique, la métamorphose de tous les bâtons des adversaires en serpents puis leur engloutissement par celui d'Aharon prend, dans ce roman historique fortement érotisé, deux valeurs spécifiques : l'une de préfiguration événementielle, dans la mesure où le serpent, l'un des animaux totémiques des Égyptiens, abandonne ses adeptes ; l'autre de démonstration virile, avec l'animation de la « verge » phallique. Valeurs qui se précisent dans le prodige suivant, le changement des eaux du Nil en sang : la première des « plaies » d'Égypte annonce l'extermination de l'armée royale dans la mer « Rouge », tout en évoquant l'afflux hématique dans un corps défloré ; prise de possession fantasmatique de Tahoser par Poëri l'Israélite, auquel – j'y reviendrai – elle s'est inconsidérément vouée, et viol de Thèbes par une Histoire concurrente dont les fléaux vont ensuite envahir jusqu'au plus intime de ses habitations. La corruption du Nil fertilisateur, puis la défiguration des grandioses édifices, la dévastation de la riche nature locale – réduite par les calamités successives à l'état de « squelette » et de « terre nue » –, l'offuscation du soleil emblématique devant des ténèbres dignes des « profondeurs des syringes » (p. 334), tout cela évoque l'Égypte du prologue – comme si l'Histoire de ce pays s'était figée, de l'effondrement de Pharaon jusqu'au XIXe siècle attaché à la démomifier.

Les Hébreux quittant l'Égypte avec leurs richesses sous la conduite d'une colonne de feu font pendant à la procession initiale de Pharaon rentrant chargé de butin au milieu d'un nuage de sable : ce sont les Hébreux maintenant qui se préparent au triomphe. Pharaon et ses légions vont être engloutis sans reste par le miracle suprême de Mosché, ou plutôt de « ce souffle irrésistible qui eût balayé les Pyramides comme des grains de poussière », et qui ouvre et referme la mer : « la respiration de l'Éternel » (p. 340-341).

Ce que la fin du roman en fait met en scène, au-dessous du choc synchronique de deux cultures, c'est la lutte entre deux « éternels ». L'un, nom commun et d'essence humaine, est fondé sur la « monumentalisation » des grandeurs terrestres, laquelle ne pérennise qu'en pétrifiant; l'autre, nom propre de nature divine, comporte la vie – la « respiration ». Pharaon est au service du premier; que son nom (propre) soit le titre (commun) des souverains d'Égypte estompe la diversité des individus successivement régnants, comme si tous n'étaient que le même être réincarné. « Fils des dieux » (p. 232) et lui-même « dieu, à l'éternité près » (p. 217), Pharaon tente d'abord de nier, puis ose braver cet Éternel dont il adopte la sévérité et parfois le langage [15]. Son défi est motivé non tant par des considérations économiques (conserver la main-d'œuvre israélite) ou politiques (affirmer son autorité) que par un « orgueil » quasi luciférien, qui le dresse contre le Très-Haut jusque du fond de l'abîme marin où il a été précipité [16].

La mort de son premier-né, dans la dernière des plaies d'Égypte, avait cependant ébranlé la confiance du potentat en l'indestructibilité de sa race; « je ne suis plus qu'un vain simulacre » (p. 337) – comme son fils anéanti, et comme ses pères célestes impuissants. Et ses sages s'humilient devant le dieu inconnu. Une sorte de théomachie se développe, sous les yeux de Tahoser, fille du grand prêtre Pétamounoph. Au panégyrique d'Ammon-Râ par Pharaon, pour qui Jéhovah n'est que la « chimérique divinité » d'un peuple barbare (p. 327), répond celui de Poëri accusant les « monstrueuses idoles » imaginées par les païens d'être trop bien enracinées dans leur signifiant d'airain ou de granit pour recouvrir un quelconque signifié divin. Tahoser fait alors ce rêve du rassemblement, dans un temple de proportions cosmiques, de toutes les figures du panthéon égyptien « sous les formes vivantes », autour de la momie démaillotée de Pétamounoph; mais cette double

« résurrection » n'a pour but qu'un sabordage : les dieux reconnaissent qu'ils sont seulement des approximations du vrai Dieu, et le père-prêtre, qui préside d'un « air ironique » à cet anti-cérémonial, se laisse relayer par Poëri guidant Tahoser vers « une lumière si vive qu'auprès le soleil eût paru noir » (p. 303-304) – Ammon-Râ nul, et son protégé le roi porte-lumière (luci-fer) dérisoire [17]. Toujours ambiguë, la « résurrection » achève ainsi de tuer ce qui n'avait jamais été que fantômes, et de saper le monument mythologique, pour nous à l'état de décombres.

Où sont pour nous les monuments qui présentaient jadis « ces masses inébranlables, sur lesquelles l'éternité semblait devoir glisser comme une goutte d'eau sur un marbre » (p. 226)? L'éternité supra-humaine (atemporelle) que rêvaient les pharaons n'ayant été qu'éternité sub-lunaire (longueur de temps), munie d'un commencement (l'édification) et donc d'une fin (la ruine), l'eau de la clepsydre séculaire a usé le marbre, n'épargnant que des résidus – traces de pieds, comme celle qui subsiste dans le sépulcre, « qu'un souffle eût balayée » si quelque Jéhovah l'eût voulu (p. 173), mais qui pourtant, encore fragilement liée à la chair, pointe vers la sortie du labyrinthe et la revivification de la morte, en (morte) amoureuse. Car, comme nous allons le voir, la chronique sentimentale de Tahoser se mêle étroitement, et souvent victorieusement, à ses aventures historiques.

D'un désir l'autre, ou les échappatoires du roman d'amour

Le portrait de la Tahoser métadiégétique, idéalement belle, reproduit en tout point celui de la momie, avec son œil lourdement fardé et sa robe moulante comme des bandelettes. Cette patricienne comblée est cependant minée d'un spleen irrépressible : « qu'importe toutes les choses qu'on possède, si l'on n'a pas la seule qu'on souhaite? » (p. 202) [18]. Ce manque va la déterminer à des initiatives aussi vaines que hardies; hardies, car, comme le veut le cliché orientaliste, « l'amour n'est pas le même sous les chaudes régions qu'embrase un vent de feu qu'aux rives hyperborées... » (p. 244); mais vaines, tous les amants du livre se trouvant condamnés à un curieux platonisme, comme si ces corps demi-nus qui se délectent narcissiquement de leur beauté et que le texte décrit avec une complaisance lascive étaient aussi intouchables que ceux des chimères, ou des morts.

L'intrigue sentimentale est commandée par le schéma : a aime b qui aime c, etc. Pharaon aime Tahoser qui aime Poëri qui aime Ra'hel. L'enchaînement bute à ce point sur une réciprocité (Ra'hel aime Poëri), apanage du seul couple juif; à l'extrémité opposée par contre s'emboîtent d'autres termes : car Pharaon lassé est adulé de ses concubines, et Tahoser inutilement courtisée par Ahmosis, lui-même aimé de Nofré qu'il n'aime pas... Ce dernier scénario, entre le lieutenant de Pharaon et la favorite de Tahoser, double la relation entre leurs maîtres. C'est pour apercevoir Ahmosis que Nofré pousse Tahoser au triomphe de Pharaon, où celle-ci ne remarque pas Ahmosis qui l'indiffère et n'est pas remarquée de Poëri qu'elle recherche, mais seulement de Pharaon immédiatement envoûté.

Partagée, comme Salammbô, entre un étranger fascinant mais inférieur (Poëri, cf. Mâtho) et un pair prestigieux mais incapable d'évincer affectivement son rival (Pharaon, cf. Narr'Havas), l'héroïne l'est aussi, en un sens, entre la pastorale et l'Histoire. D'un côté la campagne où se cache, *locus amoenus*, le pavillon du Juif, et la placidité de l'agriculture; de l'autre la ville capitale et les caprices du pouvoir. Le Juif, assez invraisemblablement placé à la tête des domaines royaux, offre à Tahoser non le spectacle d'un triomphe militaire, mais la parade des travaux des champs, qui mobilisent toute une armée d'ouvriers pour une entreprise de vie et non de destruction. D'un côté les satisfactions élémentaires (Poëri nourrit Tahoser), de l'autre la toute-puissance des signes, somptuaires et monétaires (Pharaon comble Tahoser de cadeaux). D'un côté enfin Tahoser se fait esclave, de l'autre elle est faite reine.

Pour conquérir Poëri en effet elle n'a pas hésité à abandonner clandestinement son palais, à renoncer à son brillant mais apathique personnage, et à se présenter chez l'Hébreu déguisée en mendiante – identité minimale – sous le pseudonyme d'Hora. « Hora », anagramme de « Tahoser », évoque aussi l' « heure » : en descendant de son piédestal, la fille du grand prêtre se voue à la temporalité – « les jours succéderont aux jours... » (p. 248) – et du coup à la mortalité. Elle mourra jeune, et vierge, car Poëri ne se laisse pas plus émouvoir par elle que « la statue d'un dieu de basalte » par les offrandes de ses dévots (p. 249). Quand il s'aperçoit qu' « une autre femme semble apparaître à travers [Hora] comme une lumière derrière un voile » (p. 252), lui ne songe nullement à écarter l'écran...

Tahoser par contre le piste dans ses expéditions nocturnes, en une quête à la fois sapientielle et libidinale qui n'est pas sans similitudes avec celle des passionnés du prologue à la recherche de la momie. La téméraire se glisse nue dans le fleuve derrière l'objet de son désir; cette remontée du Nil, suivie d'une course à travers des quartiers de plus en plus sinistres et des dangers grandissants, va la conduire au cœur du secret : à la scène primitive qui, dans une cabane aux dehors aussi mesquins mais à l'intérieur aussi raffiné qu'un hypogée, rapproche les amants juifs, et que Tahoser épie avec la même avidité morbide que les Européens sa dépouille, et sans mieux comprendre leur hébreu que ceux-ci, d'abord, les hiéroglyphes de son papyrus. Enfin, comme Evandale devant l'empreinte de l'énigmatique visiteur, la jalouse Tahoser comprend qu'elle a été devancée, et s'évanouit quand s'échange un baiser : « elle ressemblait à un cadavre » (p. 290) – ce qui n'est pas sans rapport avec le sort réservé, comme nous en jugerons, au trop fervent Anglais.

Mais pour l'instant la jeune fille est généreusement « ressuscitée » par sa rivale, ou plutôt son double; car « Ra'hel était l'idéal israélite comme Tahoser était l'idéal égyptien » (p. 288). Si bien double qu'elle propose à Tahoser de partager le lit de Poëri! L'Égyptienne renaîtrait ainsi, au terme de ses épreuves, en seconde épouse de l'Hébreu. Seulement ce n'est pas aux côtés de Poëri que se couche Tahoser, mais de Ra'hel, « sœur » à la tendresse vaguement homosexuelle (p. 299) [19]. Et la suite de ses épreuves va l'amener dans les bras de l'amant indispensable à l'accomplissement de sa destinée historique et textuelle, de son « roman de la momie » : Pharaon.

La fugitive est dénoncée, moyennant un sac d'or, par une vieille servante juive aux traits infernaux : avant d'être « vendue » comme momie dans la diégèse, Tahoser l'aura été, de son vivant même, par cette espèce d'entremetteuse cupide assez proche de l'intermédiaire grec de la Vallée des Rois.

La satisfaction de son désir, « Pharaon l'eût acheté[e] bien cher » (p. 244); il eût sacrifié ses richesses, son sceptre, son tombeau même – ses privilèges historiques – à son histoire d'amour! L'ironie est que ce prix hyperbolique lui sera extorqué sans compensation sexuelle. Comme la Tahoser du début, Pharaon est tourmenté d'un spleen fébrile qui bouleverse son impassibilité. Le représentant de Râ, le dieu à tête de faucon, se mue en « épervier » traquant (p. 281), voire en victime traquée : « son désir, comme un vautour affamé, lui rongeait le cœur » (p. 284) – supplice prométhéen qui le rapproche du camp des hommes. « Un instant, il eut l'idée qu'il n'était *qu'un homme*! » (p. 280); car les dieux ignorent l'inassouvissement de leur désir et, du coup, le désir lui-même. De cette satiété sourd leur « ennui, pareil à celui qu'éprouvent sans doute les momies... » (p. 311). Ennui que Pharaon ne secoue qu'en défiant la mort même – « viole les tombeaux si elle s'est réfugiée dans l'asile de la mort [...] et, morte ou vivante, ramène-la » (p. 282) –, ou en se retournant contre les immortels – « si la terre me refuse le bonheur, j'escaladerai le ciel » (p. 311) –, dans une *hybris* où le Prométhée romantique retrouve Lucifer.

« Bien des fois j'ai pensé à lever le voile d'Isis, au risque de tomber foudroyé aux pieds de la déesse » *(ibid.)*; on songe aux profanateurs du zaïmph... Mais si le contact des Olympiens lui est interdit, Pharaon, créature mi-divine mi-humaine, ne saurait se contenter de ses concubines, ces « ombres souriantes qui se disaient des femmes » (p. 310). Le voyeurisme prédateur du fidèle de Phré, l'idole solaire aux « rayons terminés par des mains » (p. 259), s'arrête sur une mortelle à l'allure de déesse, dont les fugues et la résistance excitent son ardeur en la frustrant.

S'étant lancé à son tour à la poursuite de sa dulcinée, il la ramène à demi morte dans son palais, où la fille de Pétamounoph et la fausse Hora vont resurgir sous leur dernier avatar, royal celui-ci. Le désir en effet requiert un désir réciproque, exige que l'objet désiré devienne à son tour sujet désirant, au même niveau que lui. Mais la nouvelle incarnation proposée à Tahoser présente un risque; « je te donne l'Égypte [...] fripe-la comme un morceau de gaze » (p. 313) : la toute-puissance, qui traite les hommes comme des choses, ne va-t-elle pas réifier aussi sa nouvelle détentrice, infliger à la reine la malédiction qui pesait sur le roi ? Le nivellement par le haut doit donc être équilibré par un nivellement par le bas, non plus social comme celui qu'envisageait Tahoser auprès de Poëri, mais en quelque sorte ontologique : par le coefficient d'« humanité » que le héros envie à la jeune fille. « Tu as fait de moi un homme ! » (P. 311.) Un homme, soit d'abord un être parlant : là où, à peine formé, le souhait se trouvait exécuté s'introduit la distance du signifié au signifiant, de la locution à la réception, de l'énonciation à la réalisation... Un homme, soit un être faillible et souffrant ; Tahoser, que point le désir du désir – « elle eût désiré l'aimer... » (p. 327) – se laisse toucher par Pharaon tenu en échec par les Juifs.

Or, en même temps que le roman historique égyptien, dans lequel il est étroitement imbriqué, le roman d'amour tourne court en versant dans l'Histoire sainte, où périt le tyran. L'union du couple dynastique ne sera jamais consommée. Tout se passe comme si Tahoser devait se conserver vierge pour le quatrième, le plus improbable mais peut-être le plus fidèle de ses amants : celui de sa « momie », l'Anglais de la diégèse.

Aristocrate sinon souverain, doté d'un « nom historique » et prodigue d'une « munificence royale » (p. 151-152), lord Evandale n'est pas moins digne de Tahoser que Pharaon, avec qui il a en commun la perfection marmoréenne, les tendances voyeuristes, la furie ravisseuse (rapt de la dormeuse, enlèvement de la morte), contrebalancée par un brusque scrupule devant le « dernier voile » (p. 185). Et là où l'ultime respect du corps n'a pas garanti à Pharaon l'accès au cœur, sa profanation symbolique par Evandale suffit à outrager l'âme, inquiète de ne pouvoir le réintégrer.

L'Anglais avait l'intention de faire don du sarcophage au British Museum. Extraite de son lieu et temps, la momie se serait trouvée remomifiée en un lieu qui rassemble toutes les régions du globe, en un point du temps où confluent toutes les époques. Dans ce monument des monuments elle aurait été à la fois dûment préservée et privée de toute résonance vitale : « curiosité » pour le profane, « document » pour l'expert, « monument » elle-même en tant que morceau de passé rappelé à l'attention du présent – un passé non plus émouvant, mais figé dans l'abstraction des dates. Architecturalement assez proche d'un hypogée, avec ses enfilades de salles sur plusieurs étages, le musée en diffère profondément en ce qu'il se laisse parcourir dans tous les sens, comme un atlas ou une encyclopédie historique ; sa rigoureuse organisation n'est pas orientée vers quelque saint des saints, ou sein des seins : elle est, idéalement du moins, la projection des rubriques synchrones du savoir contemporain ; en outre, le musée abrite des « collections » dans le pluriel desquelles toute pièce individuelle, fût-elle un « hapax » culturel, s'insère et prend sens [20]. Dans ce contexte niveleur, offerte aux regards blasés de tout un public sous une vitrine transparente plus infranchissable en fait que n'importe quels voiles ou bandelettes, la momie aurait été définitivement coupée du « désir rétrospectif » de l'Anglais (p. 188).

Transportée dans le parc de celui-ci – espace privé, fortement différencié, reflet d'une tradition et d'une personnalité particulières –, elle continue à agir sur le mode caractéristique de l'*eros* dans tout le roman : titillation et dérobade. Imparfaitement remomifiée dans ses trois cerceuils d'où filtrent les miasmes des siècles, elle est comme un cadavre en décomposition, et elle contamine son soupirant, l'engourdit, ou plus précisément le châtre – ce à quoi ne le prédisposaient que trop sa frigidité statuesque et son effémination. Il dédaigne maintenant toutes les femmes qui l'entourent pour cette dépouille-fétiche, hypostase du phallus absent [21]. Au lieu de se laisser réveiller par le Prince, la Belle au bois dormant levantine, endormie depuis plusieurs fois cent ans, l'attire dans son sommeil létal – et, pour le Prince fasciné par cette figure bien assez âgée pour être la Mère archétypique, troublement fœtal. Au lieu d'être heureux et d'avoir beaucoup d'enfants de cet inceste historique, le lord restera « le dernier de sa race » (p. 342), condamnée à s'éteindre comme celle de Tahoser [22].

Du papyrus au roman, ou les irrésolutions de l'art

Plutôt que de se perdre dans la chair prohibée et dans l'Histoire révolue, le docteur Rumphius s'est consacré aux signes, manipulables et inoffensifs, ainsi qu'à son avenir d'historien. Le contact nécrophilique avec la momie aboutit, dans son cas, au « réaccouchement » de la reine morte sous forme d'un être de langage – d'une monographie, qui, nous dit-on, à son tour « enfantera » le roman [23].

L'éréthisme du savant a culminé avec l'apparition, tout contre le flanc de la momie, d'un papyrus qui, déroulé comme une ultime bandelette, lui livre sa virginité sémiotique : « c'est la première fois que l'on trouve un manuscrit égyptien contenant autre chose que des formules hiératiques ! » (p. 190). Au lieu d'un rituel mortuaire, des scènes de la vie de la trépassée, en un idiolecte neuf, destiné à d'autres lecteurs que les divinités psychopompes. « Je le déchiffrerai, dussé-je y *perdre les yeux* » (*ibid.*) : tout autant que la chair, les signes provoquent le prurit de (sa)voir, ou de voir (ça) [24] – avec cette différence qu'ici la mutilation envisagée n'est qu'une clause rhétorique : le désir peut se réaliser.

Les hiéroglyphes du grammate Kakevou seront en effet décodés et reproduits par Rumphius en latin, puis ce latin en français par le romancier. Le texte se justifie, c'est-à-dire s'authentifie et se disculpe, grâce à ce double pré-texte, qui lie solidement métadiégèse, diégèse et narration [25]. Aux « translations » successives de la momie répondent ainsi les « traductions » superposées de sa biographie. Or, de même que la « translation » a entraîné pour le docteur la démomification – mais pour le lord la remomification – de la défunte, la « transcription » du papyrus en prose littéraire oscille entre deux résultats. Car le romancier historique français occupe une position intermédiaire entre l'historien allemand et le romanesque Anglais. Manieur de signes comme le premier, il se résout comme lui à traduire – soit à « trahir » *(traduttore traditore)* – et à publier – soit à achever de prostituer – les vestiges du passé ; et pourtant, romantiquement attaché aux valeurs de « fidélité » et d' « exclusivité » passionnelle du second, il tend à respecter et même à idéaliser ces vestiges. Démonumentalisation/remonumentalisation – ou peut-être dualité inhérente au « monument » lui-même, et à l'Histoire, ou au roman, comme monuments ? Car un peu comme il ressuscite mais en pétrifiant, le monument consacre mais, en vouant à la « publicité », galvaude, glorifie mais vulgarise, stylise mais déprave [26].

Le roman historique, signalais-je en introduction, a le pouvoir de démonumentaliser l'Histoire, et *Le Roman de la momie*, qui arpente soit des ruines actuelles, soit les constructions agressivement neuves de jadis, y détecte ainsi des perspectives inattendues. Néanmoins le monument se devine toujours en surimpression. Et sa prégnance s'affirme dans une certaine tendance du livre à se faire musée – glyptothèque ou pinacothèque. Écrivain « pour qui le monde visible existe », Gautier pratique une « transposition d'art » non moins ambivalente que la translation des restes ou la transcription du grimoire. Apte à réactualiser un décor historique dont les profondeurs suggestives excitent tous les voyeurismes – libidinal, sapientiel ou esthétique –, la transposition se fige à d'autres moments dans l'exhibitionnisme académique du nu, de l'évident, des surfaces. Les notations de lumière, de contours ou de tons accumulées par l'ancien rapin transforment le pittoresque propre au roman historique romantique en pictural parnassien : la couleur locale verse dans le tape-à-l'œil, l'historique s'émiette sur une collection de miniatures excessivement « historiées » [27]. Il devient difficile de distinguer les choses et même, sous leur couche de fard et de références artistiques, les êtres des natures mortes et des allégories qui doublent leurs tableaux vivants. Les favorites du gynécée se modèlent sur les simulacres des déesses, que les sculpteurs façonnent en pensant aux favorites : narcissisme de la représentation, où le « présent » et la « présence » fictionnellement recréés s'absorbent dans le pur spectacle (ou la représentation) d'eux-mêmes.

Cette « monumentalisation » de l'écriture garantit-elle mieux celle-ci que les édifices pharaoniques contre l'érosion temporelle ? L'égyptologue a l'ambition d'épeler ces « pages d'histoire démesurées, écrites au ciseau sur un colossal livre de pierre, et que la postérité la plus reculée devait lire » (p. 226). Mais le monument est un Janus, et au revers de sa face assertive et perdurable s'en révèle une autre, où nous voyons les sages de Pharaon – déjà – penchés sur des « papyrus indéchiffrables », des stèles « aux sens mystérieux » depuis des générations (p. 324), « une langue de sphinx, aux syllabes de granit » (p. 330) : monument aux (signes) morts – et dont les formules durent forcément rester lettre morte devant la Parole de l'Éternel, véhiculée par la voix de Mosché et pas encore institutionnalisée en Livre. Cette caducité compromet l'*exegi monumentum* de Gautier lui-même, la fameuse proclamation du poème « L'art » d'*Émaux et Camées* :

Tout passe. – L'art robuste
Seul a l'éternité [...]
Les dieux eux-mêmes meurent,
Mais les vers souverains
Demeurent
Plus forts que les airains.

Par ailleurs, la monumentalisation des signes se solde par le raidissement, l'appauvrissement, voire la résorption des signifiés derrière un signifiant par trop fascinant. Le message monumental, qui, elliptique ou redondant, se doit d'être limpide, risque alors d'être obscurci par son insistance même. A la limite, on pourrait appliquer à la transposition d'art chère à Gautier ce qu'il affirme de l'art égyptien hiératique, qu'il « ressemble à un homme bâillonné tâchant de faire comprendre son secret » (p. 176). Le bâillon entrave, mais aussi protège : des confidences risquées, des énonciations suspectes... Le lecteur en est réduit à interpréter les demi-mots, les balbutiements qui percent sous la facture impeccable – un peu comme l'émule de Champollion extrayant un sens de figures auxquelles leur perfection plastique semblait d'abord n'accorder qu'une valeur décorative.

« Il ne faut pas toujours prendre au pied de la lettre ce que dit un auteur », reconnaît « Spirite »; « la secrète pensée est souvent entre les lignes ». Mais est-il bien sûr que ce secret « se devine à la longue », que « l'un après l'autre *les voiles tombent et les mots de l'énigme se découvrent* [28]? » Aux embarras des sages de Pharaon portant leur « main tremblante au bord du voile de la grande Isis » (p. 324) s'est ajoutée la perplexité de Rumphius devant le mystère de Tahoser reine comme de Tahoser amante – « était-ce Pharaon ou Poëri qu'elle regrettait? Le grammate Kakevou ne le dit pas, et le docteur Rumphius [...] n'a pas osé prendre sur lui de décider la question » (p. 342); à quoi répond le voile herméneutique que le roman historique maintient finalement sur l'Histoire et sur le roman (d'amour). En partie, certes, par calcul [29]. Mais là où les devins concluent : « l'énigme que garde le sphinx n'a *pas de mot* » (p. 333), sans doute l'homme de science – Œdipe loquace – et mieux encore l'homme de lettres savent-ils que les phrases qu'ils entassent masquent l'absence de ce Mot, Mot de l'origine et Mot de la fin, qui propulse et seul comblerait leur quête. En ce sens, plutôt qu'un tombeau, monument encyclopédique et monument romanesque sont un cénotaphe. Or c'est par là – par le jeu spectral de la promesse et du retrait – que corps du passé et momie de papier, plus intouchables que les restes réensevelis dans leurs cercueils gigognes, stimulent notre désir : de voir, de savoir, de lire.

Columbia University

NOTES

1. Sur l'importance de l'Orient comme « invention européenne », au XIXe siècle en particulier, cf. Edward Saïd, *Orientalism*, New York, Random House, 1979, p. 1-15 et 73-197. Sur l'Égypte et Gautier, Adolphe Boschot, introduction, *in* Gautier, *Le Roman de la momie, précédé de trois contes antiques*, Paris, Garnier, 1955, p. I-XXXVIII, ainsi que Jean-Marie Carré, *Voyageurs et Écrivains français en Égypte*, Le Caire, Imprimerie de l'Institut français d'archéologie orientale, 1956, t. II, p. 135-209 – où l'on trouvera une recension des sources de l'ouvrage. Celles-ci sont également examinées par Geneviève Van den Bogaert dans Gautier, *Le Roman de la momie*, Paris, Garnier-Flammarion, 1966, p. 10-23. Lorsque Gautier aborda enfin en Égypte pour l'inauguration du canal de Suez, douze ans après l'achèvement de son livre, une indisposition l'empêcha de se rendre sur les lieux où il l'avait situé : comme si l'existence actuelle et la fiction historique ne devaient pas interférer, et la seconde rester du domaine du possible, lu ou imaginé.

2. Tous les chiffres indiqués entre parenthèses renvoient à l'édition du *Roman de la momie, précédé de trois contes antiques*, *op. cit.* C'est toujours moi qui souligne.

3. Cf. Hegel, *Leçons sur la philosophie de l'histoire*, trad. J. Gibelin, Paris, Vrin, 1979, p. 54-55.

4. *L'Écriture de l'histoire*, Paris, NRF-Gallimard, 1975, p. 118 et 61.

5. Dans l'optique plus anthropologique qu'épistémologique qui est la sienne, Nietzsche souligne une ambiguïté analogue dans ce qu'il appelle justement l'Histoire « monumentale ». Car si celle-ci, en exaltant les héros exemplaires de jadis, sert les forces de « vie » et d'avenir, elle donne également aux médiocres une arme pour intimider le présent et consolider leur devise : « Laissez les morts enterrer les vivants » (*Seconde Considération intempestive*, trad. H. Albert, Paris, Flammarion, 1988, p. 88-94).

6. Il va de soi que, en tant que « science », l'Histoire elle-même doit critiquer sans relâche ses présupposés idéologiques et ses outils conceptuels, et travailler à sa propre démonumentalisation. « L'histoire *doit* résoudre le problème même de l'histoire; la science doit tourner son aiguillon contre elle-même », écrivait déjà Nietzsche (*op. cit.*, p. 145). Sur cette vaste question, je ne peux que renvoyer aux réflexions de M. de Certeau *(op. cit.)*, de Paul Veyne dans *Comment on écrit l'histoire* (Paris, Éd. du Seuil, 1971), de Hayden White dans « The Historical Text as Literary Artifact » (*The Writing of History*, R.H. Canary et H. Kosicki (éds.), Madison, University of Wisconsin Press, 1978) et de Paul Ricœur dans *Temps et Récit*, t. I (Paris, Éd. du Seuil, 1983), ainsi qu'à l'introduction de mon ouvrage *Le Chouan romanesque. Balzac, Barbey d'Aurevilly, Hugo* (Paris, PUF, 1989, p. 7-24) – où sont mentionnés ces auteurs. Ajoutons qu'aux « monuments » repensés ou trafiqués par les intéressés la science humaine préfère, comme base de recherche, l'information plus directe des « documents », et s'efforce de ramener les premiers au statut de seconds.

7. Dans le roman de Flaubert (1862), le zaïmph est, comme le voile d'Isis, chargé de valeurs spirituelles, culturelles (en tant que symbole et sauvegarde de Carthage), sexuelles (comme homologue de l'hymen à déflorer) et, à suivre Jacques Neefs, sémiotiques, ses déplacements organisant le procès scriptural (cf. « Le parcours du zaïmph », *La Production du sens chez Flaubert*, C. Gothot-Mersch (éd.), Paris, UGE, 1975, p. 227-241). Et on meurt d'y avoir touché... Selon *Le Voyage en Orient* (1851), au contraire, l'initié égyptien voyait, couronnement de son pénible itinéraire, Isis se découvrir spontanément devant lui sous forme de l' « idéal qu'il s'était formé de la beauté la plus parfaite » (Nerval, *Œuvres complètes*, Paris, « Bibl. de la Pléiade », 1984, t. II, p. 392-393.

8. Lettre de 1843 à Nerval, *in* Gautier, *Théâtre, Mystère, Comédies et Ballets*, Paris, Charpentier, 1882, p. 293-294.

9. Les préoccupations non historiques, voire anti-historiques, de Gautier n'autorisent pas, me semble-t-il, à dénier au *Roman de la momie* le titre de « roman historique ». Baudelaire y voyait une « nouvelle du genre poétique », sacrifiant la « magie de la vraisemblance » à la « sorcellerie de la Muse » (« Théophile Gautier », *Œuvres complètes*, Paris, « Bibl. de la Pléiade », 1976, t. II, p. 121). « Le projet de Gautier, ajoute Marc Eigeldinger, n'est pas de ressusciter le passé historique de l'ancienne Égypte, mais d'en proposer une vision mythique, soustraite aux fluctuations du temps » (préface, *in* Gautier, *Le Roman de la momie*, Paris, Livre de Poche, 1985, p. 6). Il souligne avec raison que l'intrigue, non datée, ponctuée d'anachronismes psychologiques, à la trame fort mince, aux personnages fictifs ou légendaires sans consistance, est grignotée par des descriptions

plus symboliques que réalistes. Et certes, la démarcation est parfois difficile à faire entre roman à cadre historique *(Maupin)* ou roman de cape et d'épée *(Fracasse)* et roman proprement historique. Mais le paratexte du *Roman de la momie*, les commentaires de son auteur (reproduits par E. Feydeau, *Théophile Gautier. Souvenirs intimes* [Paris, Plon, 1874], Émile Bergerat, *Théophile Gautier. Entretiens, souvenirs et correspondance* [Paris, Charpentier, 1879] ou Judith Gautier, *Le Collier des jours* [Paris, Juven, 1910]), les réactions de la critique contemporaine enfin ne laissent guère de doutes sur le mode de lecture programmé par le texte. C'est donc le statut de l'Histoire dans sa surcharge mythique précisément – présente à quelque degré dans tout roman historique, comme dans toute historiographie – qui m'intéressera ici.

10. L'effort de « résurrection » de la morte, thème obsédant dans l'œuvre de Gautier, suppose en effet qu'au désir de l'homme, Orphée ou Pygmalion, réponde le désir de la femme ; ce que démontre Ross Chambers dans « Gautier et le complexe de Pygmalion », *Revue d'histoire littéraire de la France*, juillet-août 1972, p. 641-658.

11. Ainsi de la momie au démaillotage de laquelle Gautier assista à l'Exposition universelle de 1867, et dont la « triste nudité » n'offrait qu'une « parodie horrible de la vie ». Cf. le compte rendu du journaliste dans *L'Orient*, Paris, Charpentier, 1882, t. II, p. 98-110.

12. Garant de l'ordre familial, étatique et religieux, et fondement du Symbolique, le Père a partie liée avec l' « âme » de la morte, qui s'affole de la transgression du Fils (p. 182, 189) – transgression que son « corps » au contraire semble solliciter. Le dualisme corps-âme se manifeste dans le roman tant au niveau mythologique, qui pose leur longue séparation posthume, que narratologique, Evandale étant partagé entre engouements charnel et spirituel comme, nous le verrons, Tahoser vivante entre le détenteur de son « corps » et le possesseur de son « âme » (p. 312). Ce dualisme est à mettre en rapport avec le double mouvement, constant chez Gautier, d'attraction et d'effroi, d'agression et de recul chez l'amant, d'impudeur et de chasteté chez la femme.

13. Mieux que la drogue, les tentatives occultistes ou même l'amour, la littérature donne à Gautier accès à ce « royaume des Mères » dont parle le second *Faust* de Goethe, et où se maintiennent les êtres et les idées disparus : « en effet, rien ne meurt, tout existe toujours ; nulle force ne peut anéantir ce qui fut une fois » (« Arria Marcella », p. 140). Georges Poulet analyse ces convictions dans *Études sur le temps humain*, Paris, Plon, 1950, p. 278-307. Jean Gaudon insiste, lui, sur le jeu entre ce temps « atemporel », où se projette le héros passéiste, et le temps « réel », où il finit par retomber brutalement (préface, *in* Gautier, *La Morte amoureuse, Avatar et autres récits fantastiques*, Paris, « Folio », 1981, p. 10-43).

14. Gautier démarque de près les chapitres v à xv de l'Exode, en omettant ce qui concerne l'établissement du rituel judaïque et en condensant ou modifiant l'ordre des plaies d'Égypte. S'attardant à peine plus que l'Écriture sur les conséquences sociologiques ou simplement « humaines » des malheurs de Thèbes, le romancier historique ajoute néanmoins des notations concrètes, des énumérations pittoresques, et « égyptianise » certains détails – les os de Joseph deviennent ainsi la « momie d'Youssouf » (p. 338).

15. « Retirez-vous de devant ma face », « j'ai dit », parallèles à « ainsi a parlé l'Éternel » (p. 321-322). Mais la « parole » mensongèrement donnée par Pharaon de laisser partir Israël s'oppose en fait à la Parole actualisatrice de Jéhovah, et le despote verra ses prophéties se retourner contre lui ; en déclarant : « d'un souffle je balayerai, quand je voudrai, toute cette engeance hébraïque » (p. 326), il prédit ce que Jéhovah seul pourra dire de l'engeance égyptienne dispersée sous les eaux. Chez Mosché, par contre, la fonction de « porte-Parole » a suspendu le bégaiement chronique.

16. Cet orgueil est une interprétation « romantique » de Gautier, la Bible, peu intéressée par les motivations du rebelle, attribuant son endurcissement au Seigneur lui-même, soucieux de faire éclater sa supériorité.

17. On objectera avec raison que le Dieu unitaire et désincarné – pur signifié – exalté par Poëri n'est pas exactement celui de l'Ancien Testament, Dieu d'un peuple déterminé, duquel Tahoser, un moment tentée par cette nouvelle « paternité », finalement se détourne. Dans *Les Derniers jours de Pompéi*, de Bulwer-Lytton (1834), que Gautier avait lu, la religion égyptienne est associée de façon plus manichéenne encore aux forces de la nuit, tandis que les forces de lumière sont représentées par le christianisme naissant, dont le Dieu châtie, par la « plaie » du Vésuve, les gentils persécuteurs des siens.

18. « Nul ennui ne t'est comparable,
Spleen lumineux de l'Orient! »

(« Nostalgies d'obélisques », *Émaux et Camées*.) Ce spleen, qui sied au romantique Evandale, afflige anachroniquement une autre privilégiée, la reine d' « Une nuit de Cléopâtre », qu'il pousse dans des amours perverses.

19. Les thèmes de la bigamie, explicite dans « La chaîne d'or », et du lesbianisme, fortement suggéré dans *Maupin*, ne sont qu'esquissés dans cette œuvre postérieure, bridée par le schème de la momification. Celle-ci

n'épargne pas Ra'hel, dont les « lèvres étaient deux *bandelettes* de pourpre, et en se dénouant montraient des éclairs de perles » (p. 275).

20. Le musée se distingue d'une nécropole ou d'un cimetière dans la mesure où, parmi les tombes pratiquement identiques de l'enceinte funèbre, s'en détache, pour les visiteurs endeuillés, une d'absolument unique. Ce qui vectorialise une topographie que seuls savant, historien, sociologue ou démographe peuvent appréhender comme muséographique.

21. La hantise de la femme « châtrée » (carence que s'efforce de masquer le fétiche) et « castratrice » est nette dans « Le pied de momie », où, ayant suivi la princesse au pied « coupé » au fond des pyramides, le narrateur y voit bafouer son désir de mariage et annoncer l'éparpillement de son propre corps. Je ne peux suivre Marie-Claude Schapira voyant dans la momie « la femme idéale qui permet au désir rétrospectif de s'épanouir », et dont la « pérennité immobile et gracieuse assure un désir – assurance contre la castration – assorti, semble-t-il, d'un abandon licite » (« Le thème du mort-vivant dans l'œuvre en prose (de Gautier) », *Europe*, 601, mai 1979, p. 48). Mais l'infortune d'Evandale rappelle surtout l'Octavien d' « Arria Marcella », à jamais dégoûté de ses contemporaines par une Pompéienne du Ier siècle hallucinatoirement « ressuscitée » à partir d'une empreinte de lave, que le jeune homme « distingua » périlleusement au musée de Naples et à laquelle, dans les ruines de la ville détruite, vint s'ajuster l'original voluptueux mais interdit. Au terme de sa judicieuse étude du *Roman de la momie*, Joseph Savalle oppose à tort, à mon sens, la conclusion « heureuse » de ce roman, où Evandale se contenterait d'un amour éthéré, au *unhappy ending* de la nouvelle, Octavien s'étant laissé subjuguer par la lascivité maléfique d'Arria. De même que le dénouement de la métadiégèse ne paraît « édifiant » qu'au prix d'une assimilation hâtive de « l'Éternel » avec « la Providence », le dénouement « puritain » de la diégèse laisse transpirer, sous sa légèreté, une sensualité douloureusement nouée. Cf. *Travestis, Métamorphoses, Dédoublements. Essai sur l'œuvre romanesque de Théophile Gautier*, Paris, Minard, 1981, p. 171-179.

22. Ce n'est finalement pas le Père œdipien, ici déficient, qui mutile le Fils ; c'est la Génitrice qui le réabsorbe dans la mesure où, désirée, elle est aussi corps désirant, et comblerait son manque sexuel en s'appropriant le (phallus du) Fils. Que la momie cache une telle Maman apparaît à la fin du « Pied de momie » encore, où en échange du membre récupéré la princesse laisse une figurine d'Isis au fouet dressé. Cf. Jean Bellemin-Noël, « Notes sur le fantastique (Textes de Théophile Gautier) », *Littérature*, 8, décembre 1972, p. 3-23. Les histoires de résurrection de mortes – mortes récentes (dans « La cafetière », « La morte amoureuse », « La pipe d'opium », « Spirite »), anciennes (« Omphale ») ou très reculées (« Le pied de momie », « Arria Marcella », *Le Roman de la momie*) – à partir d'un objet-sésame lié métonymiquement (pied, moulage), métaphoriquement (cafetière, vapeurs d'opium, tapisserie) ou des deux façons (reflet, momie) au corps convoité ont été traitées par Gautier dans tous les registres – de l'humour au néo-platonisme en passant par le vampirisme. Que l'initiative revienne à l'homme ou à la femme, et que cette dernière resurgisse dans ce monde ou entraîne dans un autre, le scandaleux contact aboutit à la destruction, ou seconde mort, de l'amante (Angela brisée comme la cafetière, Omphale liquidée avec la tapisserie, Clarimonde et Arria décomposées, les Égyptiennes remomifiées) et/ou à l'effondrement, ou mort vivante, de l'amant (le héros de « La cafetière », Romuald, Octavien, Evandale). L'amant n'expire vraiment que dans « Spirite », et peut alors, dans ce texte exceptionnellement euphorique, rejoindre la chère disparue.

23. La momie se prête d'autant mieux à cette métamorphose que, sous son « cartonnage », ses bandelettes ressemblent à « du *papier* qu'on froisse ou qu'on déchire » (p. 185) – qu'on violente, pour permettre l'émergence du corp(u)s signifiant.

24. Il est significatif que la punition menaçant le voyeurisme – tentation obsédante chez Gautier – soit celle même qui sanctionna l'inceste d'Œdipe. Comme l'époux de Jocaste, le héros de « Jettatura », affligé du « mauvais œil », s'aveugle de ses mains, tandis que son indiscrétion a sur le Gygès du « Roi Candaule » un effet médusant, voire castrateur : la vue de la femme, et surtout de ses prunelles, « fais[ait] tomber vos regards, flèches émoussées et sans force... » (p. 62).

25. Spécieux, bien sûr, ce double pré-texte a été inventé pour conforter le « sérieux » et l' « innocence » que le roman historique se flatte d'apporter dans la représentation des *res gestae*. Mais il renvoie obliquement à la pré-écriture documentaire, et elle-même déjà « documentée », mentionnée dans la dédicace à Feydeau et que le roman démarque sans cesse sans le dire.

26. Dans *Notre-Dame de Paris* (1831), le livre de Hugo, édifice de mots roturier, périssable et indéfiniment reproductible, d'un côté démonumentalise le grandiose édifice de pierre son homonyme (« Ceci tuera cela »), de l'autre, plus résistant à la durée, en assure l'immortalité ou le surmonumentalise.

27. Judicieusement distribuée, la couleur locale contribue à la revivification du passé ; le nom « Mosché », pour ne prendre que cet exemple conforme à l'usage inauguré par A. Thierry, différencie le leader romanesque

du « Moïse » de la tradition biblique, iconographique et poétique. Trop appuyée toutefois, elle finit par détourner l'attention du lecteur des « faits » (passés) vers les « mots » (présents), ou encore du signifié (historique) vers le connoté (l'effet de réel pseudo-historique), voire, dans le cas de lexèmes particulièrement techniques ou archaïques, vers le pur clinquant du signifiant. Son abondance a inspiré de nombreux illustrateurs qui, bouclant la boucle de la transposition d'art, ramènent l'écriture au schème visuel. Dans « Gautier et le problème de créer » (*Revue d'histoire littéraire de la France*, juillet-août 1972, p. 659-687), Michel Crouzet repère les difficultés liées au culte de la Forme belle, ce « monument élevé à l'horreur de la chair vivante, à la crainte du désir » (p. 679). Et M.-C. Schapira précise subtilement le lien entre cette esthétique et le besoin d'affirmation du moi dans *Le Regard de Narcisse. Romans et nouvelles de Théophile Gautier*, Lyon, Presses universitaires de Lyon, 1984, p. 101-130.

28. Paris, Flammarion, 1970, p. 63.

29. Voyez le mélange de volubilité et de sobriété (parfois aussi irritantes l'une que l'autre) dans la présentation des coutumes antiques, explicitées mais fort chichement expliquées par les descriptions, énumérations et rapprochements de détail. Ou l'oscillation du narrateur, vis-à-vis du narrataire contemporain, entre une prolixité omnisciente et complice et la discrétion qui préserve, ou crée, le mystère.

Judith Schlanger
Quel âge ont les classiques?

Ce n'est pas une question à laquelle on chercherait une réponse numérique; et pourtant il se trouve qu'un nombre lui a été attribué dès le départ, de sorte que ce nombre appartient à l'histoire de la question. Horace parle des ouvrages dont on peut être sûr : *est vetus atque probus centum qui perfecit annos* (Épîtres, II, 1, 39) – « ce qui a traversé une centaine d'années est vieux et sérieux ».

Ce vers a été beaucoup cité, en général pour appuyer l'idée que le temps décidera et que l'histoire jugera. Une œuvre nouvelle doit passer par ce qu'on appelle, justement, l' « épreuve du temps ». Si elle réussit cette épreuve, sa survie garantira sa valeur et sa valeur assurera sa survie : l'œuvre qui subsiste depuis longtemps a établi par là même qu'elle le mérite, et qu'elle durera. C'est une situation circulaire où la durée est à la fois épreuve et signe, délai et récompense.

Mais cette interprétation, qui a été banale, n'est possible que si la formule d'Horace est abstraite de son contexte. Toute la première partie de l'Épître est une réflexion d'une centaine de vers sur l'ancien et le nouveau dans la culture. Que penser du rapport entre l'âge des œuvres et leur appréciation? Quelle relation y a-t-il entre la reconnaissance du contemporain et la valorisation du passé? Pourquoi l'admiration regarde-t-elle en arrière, pourquoi préfère-t-elle le détour du passé? Pourquoi accorde-t-on un préjugé favorable à un livre ancien? Pourquoi juge-t-on plus sévèrement un écrivain contemporain qu'un vieil écrivain transmis par l'école? Pourquoi ce qu'on a absorbé pendant l'enfance et l'adolescence reste-t-il protégé, à l'abri des critiques? Et d'où vient le privilège accordé à quelques textes archaïques, qu'on recherche à cause de leur obscurité même? Comment comprendre ce jugement aux critères divergents : vénération devant ce qui vient du passé, méfiance à l'égard du nouveau?

Horace pose ces questions d'un point de vue résolument moderniste. Chez les Grecs, il est vrai, les œuvres les plus anciennes sont aussi les meilleures; mais il ne s'ensuit pas que ce soit le cas aussi chez les Romains. C'est un préjugé conservateur qui rejette le présent en lui préférant le passé. Horace analyse ce préjugé comme inertie (les valeurs de mon enfance scolaire ne peuvent pas devenir périmées);

comme snobisme (il est plus élégant d'admirer le plus lointain, l'archaïque incompréhensible) ; comme hostilité et envie (les auteurs morts servent de prétextes pour rejeter les contemporains). Tout passe par l'appréciation, dit Horace, et chaque époque est souveraine : à elle de juger son présent et son passé, ce qu'elle est et ce qui la précède. Et pourtant, le succès est aléatoire, et on ne peut pas faire fond sur le jugement du public, qui change et se transforme lui aussi. On le voit bien au théâtre, où un goût pour les situations grossières a été supplanté par un goût pour le grand spectacle et les décors tapageurs. De sorte que le jugement de l'époque est soit conservateur, soit vulgaire. L'appréciation qu'Horace demande, il dit aussi qu'elle n'est pas fondée ni fiable. C'est ce qui rend si fragile la situation du poète.

C'est dans cette discussion qu'Horace s'amuse de l'idée que le temps améliore les œuvres comme les vins. Si seules les réputations posthumes sont sûres, quel est le juste délai ? Cent ans ? Mais toute mesure se prête à un sorite : si vous ôtez un mois, un an, un grain de blé, un cheveu, que restera-t-il de votre critère ? Et quelles sont les limites d'un siècle, quel sens a n'importe quelle durée préalable, quand il s'agit de reconnaître la réussite et la valeur ?

Si bien que le point n'est pas : attendre ou ne pas attendre. Il ne s'agit pas de savoir si ce vers, tant cité hors contexte, conseille ou ne conseille pas de se donner un délai avant que l'on soit sûr de l'importance d'un ouvrage. Ce qui est en cause, ici, va beaucoup plus loin. C'est la relation étroite, la relation essentielle entre la valeur et le temps, entre l'appréciation et la survie ; cette relation qui est au cœur de la mémoire culturelle, qui définit la mémoire culturelle. Comment comprendre la composante temporelle qui est attachée à la valeur ? Quel âge a ce qui est « vieux et sérieux » ? Comment penser le passé des œuvres et leur durée ?

Je rapprocherais les cent ans d'Horace, et sa discussion du passé face au présent, du cas d'un autre nombre et d'une autre durée. Auguste Comte mentionne que chacun (ou, comme il dit, tout homme) a « trente ans pour penser ». Comment l'entendre ? Si on suppose que ce nombre d'années mesure la longueur exacte de la vie intellectuelle de chacun, alors cette mesure ouvre un autre sorite (trente ans ? pas vingt-neuf et demi ? jamais trente et un ?), et le point n'est ni certain ni intéressant.

Mais ces trente ans deviennent plus intéressants s'ils sont entendus autrement : comme une sorte d'ombrelle au-dessus de nous, qui dessine à peu près la portée temporelle des préoccupations de l'esprit. Je ne parle pas de l'étendue de la mémoire psychologique, mais du monde privé des intérêts de la pensée. Nous pouvons nous percevoir, à tout moment, quelque part au milieu d'un territoire de quelque trente années, qui couvre à peu près la portée de ce que nous embrassons à un moment donné : c'est-à-dire la portée de nos intérêts intellectuels, de nos projets et de nos activités. Nous ne sommes sans doute pas toujours juste au centre du cercle projeté : le point où nous nous tenons dépend du type d'activité à un moment ou à un autre ; sans doute change-t-il aussi avec l'âge. Il est facile de supposer que pour celui qui est très jeune, ses intérêts et ses projets sont surtout devant lui ; tandis que l'âge peut rendre un esprit plus attentif au goût de sa propre continuité à travers ses intuitions et ses idées préalables, et l'amener à anticiper moins.

Si on rapporte la remarque de Comte à l'étendue d'un esprit pensant et au territoire de travail intellectuel qu'il englobe à tout moment, cette remarque devient moins arbitraire et plus profonde. Elle met en relief une distinction entre le temps intellectuel et le temps biographique d'un même sujet; et cette distinction peut être éclairante, en montrant que le temps intellectuel est étroitement lié au cours de vie de la personne, bien entendu, mais qu'il a une temporalité distincte qui lui est propre.

Je voudrais comprendre les cent ans d'Horace, et sa discussion de la durée culturelle, de la même façon que les trente ans de Comte : c'est-à-dire en les sortant d'un temps pour les introduire dans un autre. Dans le temps chronologique de l'histoire, l'idée d'un passé où s'étagent les œuvres, lointaines et admirées, proches et contestées, n'est pas une notion féconde – malgré tant de commentaires investis tout du long. Mais on pourrait aussi comprendre l'appréciation des œuvres par rapport à un autre temps : le temps de la mémoire, qui n'est pas un temps séquentiel et qui a une autre organisation.

La distinction s'éclairera mieux à travers un cas.

Je prendrai pour exemple l'un des nombreux manuels de littérature publiés en France à la fin du siècle dernier, dans la lancée des réformes Jules Ferry de 1881. Autrement dit, à un moment de bouleversement et d'expansion dans le domaine de l'éducation, qui est aussi une période de réorganisation institutionnelle pour la littérature : à la fois pour la conception des études littéraires et pour la fonction idéologique de la littérature comme discipline scolaire.

Pour l'enseignement de la littérature, c'est un moment intéressant, mais difficile. Mon manuel est un livre de transition entre une tradition en ruine (l'enseignement systématique de la littérature) et un nouveau corps de savoir en chantier (son enseignement historique). Mais un livre de transition n'est pas un livre intermédiaire, situé quelque part au milieu et plus neutre que les autres points de vue. Au contraire, un livre de transition essaie de tenir tout ensemble, et porte donc toute la charge et la confusion de la situation. L'effort pour sauver le vieux modèle en le modernisant et en le restaurant représente une énorme dépense intellectuelle; mais nous ne prêtons guère attention à ce genre d'investissement, parce que à très long terme il échoue; de sorte que nous minimisons toujours le capital d'attention, d'ingéniosité et de force investi dans l'invention d'arrière-garde. La position du livre est complexe, trop complexe : ce qui le rend gauche, difficile, et donc instable et éphémère.

« Ouvrage autorisé par M. le ministre de l'Instruction publique (1881) », ce manuel, qui a pour auteur A. Henry, professeur de rhétorique au lycée Jeansonde-Sailly, en est en 1890 à sa dixième édition. Il s'intitule *Cours critique et historique de littérature... dans les trois langues classiques*. Enseigner ensemble la littérature grecque, latine et française, c'est un projet qui est loin du moment où Racine écrivait à son fils de ne pas lire les écrivains français pendant ses années d'école, parce qu'ils sont trop faciles et que ce serait une perte de temps. Mais c'est aussi une perspective qui indique un moment où la légitimité vient des deux côtés : un moment où la littérature française paraît plus intelligible dans le cadre de la tradition classique et la tradition classique plus pertinente ou plus topique une fois liée à la littérature française.

Le livre est organisé selon la vieille typologie classique des genres littéraires, bien que la grille ait été assez considérablement modifiée. Dans ce cadre, chaque genre est présenté suivant l'ordre chronologique, d'une façon qui n'ignore pas tout à fait le contexte historique de la succession des œuvres. De sorte que ce manuel est à la fois systématique (ce qui est déjà d'arrière-garde en ce point) et historique (ce qui en fait une sorte de proto-Lanson).

Cette position n'est pas facile; mais elle n'est pas non plus totalement inadéquate. Par exemple, cette approche mixte peut relever et intégrer de nombreux aspects de la prose non fictionnelle, comme le discours d'apparat politique ou académique, l'éloquence judiciaire, religieuse ou intellectuelle. Autrement dit, ce manuel peut parler d'énormes pans rhétoriques de la production littéraire du XIXe siècle que nous ne pouvons plus maintenant ni percevoir ni décrire, faute de catégories. Ce manuel n'est certainement pas absurde; mais il est problématique, et je relèverai deux de ses difficultés.

La première est une question de proportions générales, un problème d'architectonique. Puisque l'épopée est un genre majeur pour la grille classique des catégories, elle doit aussi, du même coup, constituer une section importante du manuel : on s'attend à ce qu'une forme importante occupe beaucoup de place. Mais il se trouve que la forme épique pose un problème (très intéressant) à la littérature française. Très rapidement : de Ronsard à Chateaubriand, de (trop) nombreux débats sur l'épopée ont construit un champ normatif très chargé. De l'aveu général, l'emplacement de l'épopée devait être rempli par une œuvre importante; on avait beaucoup réfléchi aux normes et aux contraintes de cette œuvre; et cependant l'emplacement restait vide. Des poèmes épiques ont bien été écrits tout au long, mais la dimension normative était si écrasante que chaque écrivain était avant tout soucieux de s'y conformer et qu'aucune œuvre ne paraissait adéquate à la catégorie et digne d'elle. Une attente aussi élevée et surtout aussi élaborée rendait l'heureuse surprise du succès impossible. *La Henriade* de Voltaire, qui avait réussi aux yeux des professeurs, n'avait pas réussi aux yeux des écrivains; et vers la fin du XIXe siècle on s'accordait à reconnaître que la littérature française n'avait pas de grande épopée.

D'où l'embarras du manuel. Après avoir décrit les épopées grecques et latines, et quelques poèmes épiques français, le livre se résout à décrire aussi quelques épopées modernes étrangères (italienne, portugaise, anglaise, allemande). C'est à peu près la seule fois où la porte est ouverte aux littératures étrangères. Pour que l'épaisseur des chapitres corresponde à l'importance du genre, le manuel doit introduire des succès étrangers. Mais il le fait avec réticence, car il ne s'intéresse pas du tout à la pluralité des langues nationales. Dans l'optique du *Cours de littérature*, c'est une faiblesse pour la littérature française de n'être pas autosuffisante en tout. On est dans une logique de la littérature nationale, où on ne pense pas à se demander pourquoi le français serait la troisième langue classique, sur le même plan que les deux autres. Du reste, le point n'est pas spécialement français ; c'est l'attitude générale à l'époque : l'idéal est de pouvoir trouver la littérature tout entière chez soi, dans sa propre tradition ancrée dans les classiques – qui eux, justement, ne sont pas étrangers.

C'était là le premier problème : un genre important qui manque de contenus. Le second problème que je relèverai est exactement l'inverse : une production abondante et importante qui n'est pas incluse dans la grille classique, et n'a donc pas de catégorie. Il s'agit, bien sûr, du roman ; et il est clair que le problème du roman comme genre, et de sa légitimité théorique, n'est pas, lui, un problème spécifiquement français. Comment ce manuel intègre-t-il le roman?

Le roman apparaît dans un court supplément au dernier chapitre, qui est consacré à la correspondance (dans les trois langues, toujours). « Restent les Romans. Ce n'est pas le lieu, ce semble, dans un livre spécialement destiné à la jeunesse, d'insister sur ce genre d'ouvrages. » Mais il a été prescrit officiellement aux professeurs de signaler à leurs élèves le développement exceptionnel du roman au XIXe siècle.

> Parlons-en donc à notre tour pour combler une lacune qu'on a reprochée déjà plus d'une fois à ce modeste livre. [Ce qui fait comprendre que les premières éditions avaient réussi à éviter le sujet.] Mais nous accusera-t-on d'un puritanisme par trop austère, si nous appelons tout d'abord l'attention des élèves sur les inconvénients attachés à la lecture de cette sorte d'ouvrages?

Ici le livre quitte son ton didactique, pour entrer dans une diatribe moralisante contre le roman comme fiction frivole et contre la lecture des romans par les adolescents. Ce propos, qui n'a rien de nouveau ni de surprenant à l'époque, occupe deux pages sur les six consacrées au roman. Les deux pages suivantes traversent quelques romans grecs et latins, ainsi que le roman français jusqu'au XIXe siècle. Et les deux dernières pages parcourent les romans du XIXe siècle, pour obéir sans joie aux instructions officielles.

Je ne commenterai pas ce qui est choisi, omis, admiré, expliqué dans ce très bref parcours ; j'en viens directement aux dernières remarques du chapitre (qui sont aussi les derniers mots du livre). En essayant d'apprécier le roman français contemporain des années 1880 (« Le moyen cependant d'omettre Gustave Flaubert, quand ses amis vont partout répétant qu'il a fait date dans l'histoire du roman contemporain » – l'inclusion n'est pas enthousiaste, et elle est suivie de la mention parallèle des admirateurs de M. Jules Verne), le livre conclut :

> Enfin, pour notre compte, nous regretterions de ne pas dire aussi que les pères de famille se consolent des élucubrations d'un « naturalisme » abject et ordurier en lisant avec leurs enfants la *Fabiola* du Cardinal Wiseman, ou les récits aussi purs qu'attachants de M. Jules Girardin et de Mme Colomb.

Ce qui conclut, avec *Fabiola*, par un autre apport étranger, à un moment où aucun Français n'admettrait volontiers une supériorité anglaise – tant est grand le besoin de se consoler d'un romancier trop « abject et ordurier » pour être nommé : Zola.

La question que je voudrais poser est la suivante : qu'a-t-il fallu pour que le roman français du XIXe siècle entre de plein droit au lycée ? Et par exemple Flaubert – qui est nommé avec réticence – et Zola – qui, agressivement, n'est pas nommé ? Qu'a-t-il fallu pour qu'ils deviennent des auteurs sérieux et même des classiques français modernes, partie intégrante de l'éducation littéraire ? Je ne demande pas comment c'est arrivé ; la question que je pose n'est pas historique ; et je n'aborde pas non plus les aspects sociopolitiques et idéologiques de cette transformation. Je cherche, à un niveau plus abstrait, ce qui a dû changer dans le dispositif poétique général pour que cette transformation soit possible. Car il ne suffit pas de dire que les classiques français modernes se sont substitués aux classiques grecs et latins, au sens où un ensemble d'ouvrages et un groupe de noms ont été remplacés par un autre. Pour qu'une telle substitution puisse avoir lieu, bien davantage a dû changer. Non seulement les termes, mais aussi les relations entre les termes. Non seulement les contenus, mais surtout ce qu'on en attend.

J'indiquerai rapidement quelques-unes des transformations qui accompagnent le nouveau statut de classiques français modernes attribué, par exemple, à Flaubert ou Zola. Un premier point concerne la perspective pédagogique générale. Soit la date purement symbolique de 1762, date de *L'Émile*. Jusqu'alors, l'enseignement des lettres (à la fois au niveau élémentaire et au niveau plus élevé des belles-lettres) n'envisageait pas de diminuer la distance entre l'élève et la matière enseignée, ou de rendre l'écart plus facile à franchir. Au contraire : l'enseignement était construit volontairement autour d'un univers artificiel : l'univers de la distance pédagogique.

Les compositions scolaires, par exemple, étaient définies de façon à éviter tout contact avec l'expérience courante ; leurs sujets étaient délibérément irréalistes. Ainsi, ce sujet de composition donné dans l'Égypte ancienne et retrouvé parmi les tablettes d'argile du Fayoum : « Un garçon, qui vient de tuer son père, prend la fuite au désert, où il craint les bêtes féroces et la colère des dieux. Faites-le parler. » Ou encore, le premier devoir de Diderot au collège d'Harcourt, à dix ans : « Néron a donné l'ordre de tuer sa mère, et on lui rend compte des derniers mots d'Agrippine : Frappe au ventre. Composez le monologue des sentiments de Néron. » Non seulement les thèmes n'étaient pas réalistes (on l'espère), mais de plus, depuis la Renaissance, cette pédagogie extrêmement cohérente se rattache à un passé lointain et clos, un univers du détour qui est par définition hors d'atteinte.

Depuis les deux derniers siècles (ou encore, symboliquement, depuis *L'Émile*), cette conception s'est trouvée contestée par un autre idéal pédagogique, qui propose une pégagogie de la proximité et de la pertinence ; une pédagogie qui laisse l'enfant au centre de son monde et de ses intérêts, pour placer les sujets d'étude à sa portée. Je ne dis pas que cet idéal relativement nouveau dans l'histoire soit effectivement mis en place : il ne l'était certainement pas en France au tournant du siècle. Mais dès les années 1890, la distance pédagogique était devenue un objet de controverse. De sorte que le débat sur le statut des classiques français modernes dans l'éducation n'a pas pris la forme d'une discussion du roman, mais d'une querelle du latin. Querelle complexe autour de l'univers pédagogique comme univers distancié par sa langue et sa teneur, et autour de la fonction et de la nécessité du détour.

Une deuxième remarque se rapporte à l'enseignement de la littérature à proprement parler. Jusqu'à la fin du XIXe siècle, cet enseignement a été une préparation de poétique appliquée, un apprentissage pratique et technique. Comme le montrent les exemples que j'ai mentionnés, les compositions de l'élève étaient apparentées à des développements littéraires. Il s'agissait d'apprendre à produire des morceaux analogues aux textes admirés et qui relèvent des mêmes genres. La formation du goût et de l'appréciation littéraire passait par un entraînement du même type et du même ordre que la littérature.

A cette formation rhétorique et pratique a succédé, vers la fin du XIXe siècle, une formation intellectuelle et critique. L'enseignement de la littérature est devenu un entraînement à l'écriture critique et à la distanciation critique. Il ne s'agit plus désormais d'employer ou d'imiter quelques aspects d'une œuvre classique, mais de la commenter. Si réaliste que soit l'œuvre, le traitement réflexif contrebalance sa proximité thématique : le traitement assure la distance. Et Flaubert et Zola peuvent être introduits en classe, s'il s'agit non plus de récrire une scène d'amour, mais de l'analyser.

Ma troisième remarque se rapporte elle aussi à un déplacement du proche et du lointain. C'est une très bonne chose, assurait Kant, que les modèles du goût soient des monuments écrits dans des langues mortes. Et cette situation a pu paraître longtemps, en effet, une situation idéale. En étant coupé du monde des modèles par un écart radical de langue et de civilisation – de sorte qu'il est manifestement impossible d'ajouter à ses monuments – on est libre. Le dispositif assure à la fois une source féconde et une liberté dont nous retrouvons mal le principe.

Justement parce que les classiques anciens étaient hors d'atteinte, ils étaient aussi à la disposition des lecteurs. Ils étaient là pour être cannibalisés comme une vieille voiture. On ne les admirait jamais si bien qu'en les pillant. On rapporte, à propos de cette notion fondamentale du pillage des classiques, une réponse attribuée à la veuve de Milton qui résume bien cette attitude. Aux admirateurs de

Milton qui la poursuivaient de questions très dirigées (N'est-il pas vrai que son mari, à la fin de sa vie, se faisait très souvent lire les classiques? Son mari n'exprimait-il pas souvent la plus grande admiration pour les classiques? Etc.), elle aurait répondu avec indignation que son mari n'avait pas besoin de lire les classiques, car il n'avait pas besoin de les voler, puisque l'Esprit-Saint lui parlait toutes les nuits. Cette réponse est tout à fait dans l'esprit d'un temps qui supposait que l'inspiration doit venir de quelque part – le plus souvent loin en arrière, et plus rarement de haut en bas – et que créer consiste à mettre en œuvre l'inspiration reçue.

Mais on se rapporte aux classiques modernes tout autrement. Là où les classiques grecs et latins étaient coupés radicalement – et, de ce fait, aussi proches qu'on le voulait –, les classiques nationaux modernes sont voisins – et, de ce fait, posés comme hors d'atteinte.

Dans la lancée de la perspective romantique, les classiques modernes ont été posés comme des œuvres de génie. Les œuvres de génie ne sont pas les monuments d'un monde mort : elles apparaissent de temps en temps et continueront de le faire, à leur façon mystérieuse. En quel sens peut-on dire que les classiques modernes sont des modèles? Leur grandeur n'est pas comprise comme la grandeur de la perfection, mais comme la grandeur du génie : et le génie se présente comme unique, extraordinaire, anomique. Il peut y avoir un usage pratique de la perfection dans un cadre ordinaire, mais pas du génie. A un écart culturel, le génie substitue une distance héroïque. On se rapporte à une œuvre de génie tout autrement qu'à un modèle, car sa pertinence est indirecte et sa fécondité est oblique.

La pertinence des classiques grecs et latins était double : elle était méthodologique et disait comment faire (avec des résultats ambivalents), et elle était aussi substantielle, en donnant un monde de contenus dont la littérature pouvait s'alimenter. Les grands monuments littéraires des Anciens étaient posés et traités comme des sources – là où les grands monuments modernes sont des phares énigmatiques. Il n'est pas question, par exemple, de puiser dans Flaubert pour produire quelque chose qui se nourrirait de ce qu'il a écrit : cette seule idée paraîtrait incongrue. L'influence de Flaubert conduit plutôt à souhaiter exister sur le même plan que lui en jouant un rôle analogue et en gagnant le même genre de réputation; elle conduit aussi à un souci extrême de déontologie. Ce qui signifie qu'ici la pertinence est paradigmatique (elle concerne la figure valorisée de l'écrivain) et axiologique (elle se marque par une approche à la fois très chargée et non directive à l'art d'écrire).

L'institution des classiques français modernes se présente ainsi comme un jeu de déplacements : déplacements de proximité et de distance, déplacements dans la nature et le niveau de la pertinence, déplacements de l'attente et de la focalisation. Il s'agit donc d'un ensemble d'ajustements dont l'enjeu est la distance et la régulation de la distance : autrement dit, il s'agit d'un déplacement de la mémoire. Ce qui nous ramène à la distinction que j'avais mentionnée plus haut entre le temps séquentiel de l'histoire et le temps focalisé de la mémoire.

Le temps de l'histoire déploie un passé linéaire, un passé étalé où ce qui a eu lieu il y a vingt siècles est plus loin de nous que ce qui a eu lieu il y a un siècle : Horace plus loin que Comte et Flaubert, et le *Cours de littérature* plus près qu'eux. Mais le temps de la mémoire culturelle ne se présente pas de cette façon et a une organisation différente. Que Comte soit perçu comme proche et Flaubert comme périphérique, ou l'inverse, cela ne dépend pas de leur date. Que l'obscur manuel dont j'ai parlé présente de l'intérêt ou pas, et quelle sorte de survie lui est ouverte, cela n'est pas une affaire de date, mais de focalisation et de centrage, et donc d'intérêt actuel.

La plupart des philosophies de la culture du xxe siècle se placent dans une perspective historique. Le passé dont elles parlent est un passé déployé dont l'ordre est donné par la chronologie. Ces philosophies sont amenées ainsi à définir le classique par rapport au temps. Elles ne parlent plus de la qualité intemporelle ou extra-temporelle du chef-d'œuvre dont la portée est universelle et la valeur absolue. Elles parlent de la temporalité très particulière que manifeste sa survie dans la durée. On reconnaît le chef-d'œuvre à ce qu'il ne reste pas, comme les autres œuvres, lié à son contexte d'origine, mais devient un être transhistorique ou dyschronique. Pour ces philosophies de la culture, l'aptitude à la durée devient une propriété du classique ou du chef-d'œuvre. Et ce trait distinctif, qui sépare l'ouvrage des autres, demande un traitement spécial. Je mentionnerai rapidement deux exemples.

Le jeune Lukàcs place au centre de sa première philosophie esthétique le mode d'existence paradoxal de la grande œuvre d'art. L'œuvre qui est grande est l'expression parfaite et singulière de son époque (ce qui est la vision romantique); mais elle possède aussi l'étrange faculté de subsister hors de son époque en restant toujours neuve. Le chef-d'œuvre ne prend pas d'âge : la fraîcheur de l'œuvre est toujours renouvelée, intacte à chaque nouvelle lecture. De sorte que l'œuvre qui est l'incarnation la plus aiguë d'un moment est aussi celle qui restera toujours fraîche et toujours neuve. Le chef-d'œuvre appartient donc à des dimensions temporelles divergentes, et c'est là son paradoxe.

Gadamer traite le même problème autrement. La notion de fusion des horizons pose que la rencontre avec les œuvres anciennes est possible dans une expérience spécifique qui relève d'une temporalité spécifique. Cette notion vient répondre à un problème qui n'existe que si le passé culturel est le déploiement de ses périodes successives, de ses aventures et de ses monuments. Autrement dit, là où la distance (et la position dans la distance) est un donné, ce qui demande à être expliqué est la rencontre : comment se fait-il que nous puissions croiser certains points du passé, ou que certains aspects du passé puissent échapper à leur contexte d'origine et nous rejoindre?

Mais dans la mémoire, pour le dire brutalement, il n'y a pas de rencontre à travers le temps, puisque par définition les contenus sont actuels et simultanés. Par contre, c'est la distance qui demande à être expliquée; la distance, c'est-à-dire le fait que les contenus ont diverses étiquettes temporelles ou des marqueurs temporels différents. Ici la distance n'est pas un donné, mais un construit. La distance signifiante est justement un des enjeux de la mémoire culturelle.

On peut trouver une illustration frappante des jeux dyschroniques de la mémoire dans un livre d'Eric Hobsbawm, *The Invention of Tradition*, qui montre comment une grande partie des traditions politiques de l'Europe actuelle ont été établies autour du dernier tiers du siècle dernier, mais avec des marqueurs temporels très particuliers : certaines de ces traditions ont été instaurées comme anciennes et fondées en tant que traditionnelles. C'est le cas aussi pour des traditions non politiques, et par exemple pour des institutions folkloriques. On éprouve un grand plaisir à découvrir dans ce livre que le kilt et le tartan écossais, par exemple, ont été inventés vers le milieu du XIXe siècle pour des raisons commerciales, mais introduits *en tant que* traditionnels et médiévaux – ce qui a changé avec le plus grand succès la mémoire générale du passé écossais. Même succès dans le cas d'un autre exemple politique qui ne vient pas du livre de Hobsbawm : la mise en place officielle du culte de l'empereur dans le Japon des années 20 a été une nouveauté expressément définie et instaurée *comme* traditionnelle et immémoriale.

Pourquoi est-il possible de créer le nouveau en tant qu'ancien? Cette pseudo-ancienneté réussit parce qu'elle est acceptée au départ non pas comme une illusion (ce qu'elle devient très vite), mais comme un marqueur qualitatif. Autrement dit parce que la mémoire culturelle a une organisation dyschronique. Les contenus de la mémoire sont donnés avec leur focalisation et existent à travers leur statut : ils existent comme majeurs ou mineurs, centraux ou périphériques, proches ou lointains, pertinents ou caducs, officiels ou marginaux, trésors ou déchets, parmi ou au-dessus, et ainsi de suite.

Le passé de la mémoire n'est pas étalé en arrière selon son ordre chronologique : il a lieu maintenant, ici, en ce moment. Il est toujours actuel. Certains de ses contenus sont étiquetés comme vieux, ou très vieux, ou tout neufs; toujours solides, périmés et sans importance, périmés et dangereux, délicieusement archaïques, plus jeunes que jamais, ennuyeux comme d'habitude. Ainsi, en disant d'un ouvrage qu'il est « vieux et sérieux » au sens d'Horace – vieux et important, vieux et pertinent – nous renvoyons à un aspect de sa manière d'être pour mettre cet aspect en valeur : c'est un ouvrage que nous avons reçu, et reçu comme déjà transmis. Ou encore, c'est un immigrant de la troisième génération. Ce qui a été transmis plus d'une fois est là « depuis longtemps », « depuis toujours »; on peut presque dire que le souvenir ne va pas vraiment plus loin, même si la séquence historique, elle, est très longue.

Je ne veux pas dire que le monde a commencé tout récemment, mais que le passé de la mémoire culturelle ne remonte pas aussi loin que celui de ses contenus. Dans la culture comme mixte du temps et de la valeur, l'existence n'est pas portée par la durée consécutive, mais par l'actualisation, c'est-à-dire par l'acte de prise en charge (suite ou reprise) qui donne l'actualité. Ce n'est pas la durée qui donne la survie, c'est la présence actuelle. Les contenus de la mémoire peuvent venir de très loin, mais les enjeux, eux, sont actuels chaque fois, même dans le cas où ils restent longtemps les mêmes, car ils sont repris en charge chaque fois. De sorte que la mémoire peut avoir à la fois une très longue portée, car elle est riche, et une envergure courte, car les problématiques et les problèmes s'y transforment très rapidement.

Une dernière remarque. Le passé historique des monuments et le passé actuel de la mémoire sont aussi réels l'un que l'autre, mais ils appellent des attitudes très différentes. Si nous regardons le passé comme l'immense ensemble des œuvres, comme le panorama des « monuments des âges », rien n'est plus riche et plus précieux que ce passé. C'est un paysage éclatant qui se suffit à lui-même, offert à la connaissance et à l'admiration. Par rapport à un tel trésor, le temps présent est peu de chose : non seulement il est passager, mais il est surtout pauvre, si on l'isole de cette richesse qui peut seule lui donner profondeur et portée. Il n'a ni poids ni privilège, et sa seule légitimité culturelle est d'être, comme le dit Eliot, le moment présent du passé.

Mais il n'en va pas ainsi du passé présent de la mémoire. Celui-là raconte une histoire de déplacements et de troubles, de décisions, de résurrections et de pertes; une histoire assez brutale qui n'appelle pas une attitude contemplative, mais donne un précédent au changement. C'est un passé où l'attention a pour enjeu l'existence, où la focalisation signifie la survie, et où la mémoire est une conquête. C'est un passé qui se nourrit de notre force; un passé changeant, passionnant et neuf.

Université de Jérusalem

Christine Noille

Le plaisir et les larmes

En marge de Richard Rorty

La philosophie de l'art, entre pragmatisme et tradition

> L'image qui hante la philosophie traditionnelle est celle qui assimile l'esprit à un grand miroir, contenant diverses représentations, les unes adéquates, les autres non – miroir qu'il serait possible d'étudier à l'aide de méthodes pures, non empiriques. Sans cette notion d'esprit-miroir, la connaissance n'aurait pas été identifiée à la représentation adéquate. Et, sans cette dernière conception, la stratégie commune à Descartes et à Kant – examiner, réparer et, pour ainsi dire, polir le miroir de l'esprit, afin d'obtenir des représentations toujours plus adéquates – n'aurait eu aucun sens [1].

Tel est l'apport fondamental de Richard Rorty à la conception et à l'utilisation de la philosophie qui sont encore le plus souvent les nôtres, que d'en avoir souligné le fonctionnement spéculaire. En étendant les analyses de Rorty à la théorie de l'art et à sa réception – domaine exclu de fait, mais non de droit, dans son élaboration d'une philosophie pragmatiste [2] –, il est aisé de retrouver et d'accréditer, selon deux perspectives complémentaires, cette image du miroir au cœur de la philosophie de l'art – et ce, depuis Platon [3]. Le cadre général qui domine l'histoire de l'art est un cadre représentationnel, où d'une part, chose connue, l'art est défini par rapport au réel (l'art comme reproduction) – d'où sa condamnation (dans la mesure où le réel, reflet du monde des Idées, est lui-même défini par sa distance par rapport à la vérité, unique et suprême objet du philosophe) – et où d'autre part la réception et la sensibilité à l'art sont traitées dans l'échelle des perceptions, quelque part entre les sens et l'intellect; intégration dont il importe ici d'étudier les conséquences (pour Platon, l'art est d'abord une pure flatterie des sens, d'où son bannissement au nom de la vertu) :

> Le poète a ceci de commun avec le peintre de ne composer que des ouvrages sans valeur, si on les rapproche de la vérité. [...] Nous n'avons cependant rien dit encore du plus grand mal que cause la poésie. N'est-ce pas en effet quelque chose de bien triste, de voir qu'à l'exception d'un très petit nombre elle est capable de corrompre l'esprit des hommes sages [4]?

Si rapporter l'art au réel, à la connaissance et à la morale, s'inscrit dans un système de pensée plus vaste qui assure la prééminence de la philosophie en matière de *leadership* intellectuel [5], un exemple, devenu emblématique de la réaction du spectateur à toute œuvre d'art en général – dès lors que cette réaction fait problème – et parcourant la philosophie occidentale de l'art depuis Platon et Aristote, vient troubler ce bel élan et non seulement semble offrir une résistance à l'esprit rationnel et moral du philosophe traditionnel, mais soulève, dans une perspective pragmatiste, un certain nombre de questions sur la validité même du cadre représentationnel et sur son aptitude à rendre compte du plaisir de l'art : il s'agit de l'attrait contradictoire, psychologiquement inquiétant, moralement déplorable et philosophiquement ridicule, du plaisir des larmes à l'occasion d'un spectacle tragique.

Tel est en effet le cas de figure qui paraît, pour Platon, exposer avec le plus d'évidence la démission de l'intellect, le paradoxe moral et la faiblesse des sens à se laisser charmer par les poètes :

> Lorsque nous entendons réciter les passages d'Homère ou de quelque autre poète tragique, où l'on représente un héros dans l'affliction, déplorant son sort dans un long discours, faisant entendre des accents plaintifs, et se frappant la poitrine, [...] nous ressentons alors un plaisir secret auquel nous nous laissons aller insensiblement, et à la compassion pour le héros qui nous intéresse se joint l'admiration pour le poète qui sait si bien nous émouvoir. [...] Après avoir entretenu et renforcé notre sensibilité par la vue des maux d'autrui, il est bien difficile de la modérer dans les nôtres [6].

Le plaisir dans les larmes est reconnu, mais constamment mis à l'index et rejeté à l'école de la vérité et de la vertu. Or, un autre texte fondateur non seulement lui réserve une place de choix dans sa réflexion, mais le revalorise de l'intérieur en sauvant l'émotion passionnelle du discrédit : il s'agit bien sûr de la *Poétique* d'Aristote :

> La tragédie est [...] une représentation (*mimesis*) qui, par la mise en œuvre de la pitié et de la frayeur, opère une épuration (*catharsis*) de ce genre d'émotion.
>
> [...] le plaisir que doit produire le poète tragique vient de la pitié et de la frayeur éveillées par l'activité représentative [7].

Certes, Aristote cantonne la tragédie, comme les autres arts, dans le domaine de la *poiesis* (fabrication), inférieur à la sphère de la *praxis*, mais il transforme la *mimesis*, raison de la condamnation platonicienne de l'art, en cause première du plaisir que procurent au théâtre terreur et pitié. Aristote s'explique d'ailleurs fort peu sur cette *catharsis*, dans la mesure où c'est sans doute, pour lui, une évidence [8] : trouver un plaisir dans la sensation d'émotions fortes à un spectacle est une expérience ordinaire, *en dehors* du problème de la vertu ou de la vérité, et l'important est de savoir le susciter.

La reprise de ce thème particulier qu'est le plaisir des larmes à l'âge classique va alors s'intégrer dans cette double tradition : tantôt moralistes et philosophes l'abordent dans une perspective représentationnelle, conservant le cadre de pensée fixé par Platon – mais ses représentants les plus éminents, Descartes et Kant, éprouveront, *à l'occasion* de cet exemple précis d'un plaisir né d'un déplaisir, la difficulté qu'il y a à traiter systématiquement le plaisir esthétique dans un rapport de *perception* –, tantôt rhétoriciens et critiques le considèrent sans complexes ni *a priori*, comme *effet* parmi d'autres, et parviennent alors à esquisser une pathétique de l'art qui pourrait bien, dans l'histoire de l'art, constituer la première version, diffuse et non conceptualisée, d'une théorie pragmatiste de l'art.

La justification philosophique et morale des larmes à l'âge classique

Sous l'influence du cadre spéculaire informant la conception de l'art, les philosophes de la Renaissance et du XVIIe siècle, qu'ils reprennent ou suspendent la condamnation du théâtre, le font à la lumière des critères platoniciens du vrai et du bien. Trois niveaux d'accusation et de défense sont à distinguer :

1) Le scandale de pleurer à des fictions, preuve d'un esprit grossier, soumis aux sens et détourné de la vertu, est d'abord dénoncé d'un point de vue moraliste : jouant sur les passions qu'il suscite en nous, le théâtre rattache l'âme au pur sensible, au lieu de l'élever à sa destination propre, horizon avoué de toute ascèse philosophique ou chrétienne. Réponse néo-platonicienne à cet argument, la thèse selon laquelle l'expérience du beau ne s'enracine dans le sensible que pour nous conduire vers l'intelligible et la contemplation de l'idée de Beau sauve l'art, mais en des termes que Platon n'eût pas désapprouvés. Quand physique et métaphysique seront séparées, à la fin de la Renaissance, l'accusation effectuera un retour en force, en particulier chez les lecteurs de saint Augustin [9].

2) Autre défaut repris à Platon, l'irréalité de la fiction, qui ne présente que des « fantômes », « ombres des ombres », nous éloigne de toute connaissance sur le réel, au lieu de nous rapprocher de la vérité, éternelle et stable. Moralistes et auteurs dramatiques élaborent alors une réplique qui reprend toujours les critères de l'accusation, mais en la renversant à leur profit : à l'image négative du *reflet* s'oppose l'image positive du *miroir* comme révélateur du réel, si bien que le théâtre peut, grâce à la *mimesis*, nous conduire à une connaissance améliorée du monde, en l'occurrence du cœur humain ; la préférence est alors donnée, dans les Poétiques et les Examens du XVIIe siècle, à l'étude des caractères, sur le travail de l'histoire [10].

3) D'où le dernier reproche adressé au théâtre, le plus fréquent et le plus virulent : son immoralité. Loin de nous inciter à cultiver l'amour de la vertu, les spectacles représentent les passions du cœur – la plupart du temps dangereuses et impies –, nous exposant ainsi non pas à une purgation, mais bien à une contamination :

> [...] la tragédie consistant, comme elle faisait, aux mouvements excessifs de la crainte et de la pitié, n'était-ce pas faire du théâtre une école de frayeur et de compassion [...] [11] ?

La réponse adaptée à ce type d'attaque reprend les réflexions chrétiennes sur la lecture des histoires exemplaires : amené à interpréter la morale des tragédies (de la même façon qu'il tire les leçons des paraboles), le spectateur ne peut que rejeter et mieux éviter les mauvais exemples qu'il a appris à reconnaître sur scène. Il s'agit bien d'une purgation morale de l'âme, au sens fantaisiste (dans la logique d'Aristote!) où l'âme est débarrassée des passions mauvaises [12]. Au nom de cette revalorisation morale, la tragédie l'emporte alors sur la comédie, dans la mesure où celle-ci, par le rire, ne nous conduit qu'au rejet des défauts, tandis que celle-là, par l'admiration et l'estime nécessaires pour compatir au sort du héros, permet un apprentissage positif des valeurs.

Si la dignité philosophique et morale des larmes versées à un spectacle tragique est ainsi reconquise, le propre de toutes ces argumentations est de rester sur le terrain platonicien, en utilisant la *catharsis* comme un instrument permettant de renverser les effets négatifs en effets consécutifs positifs et de justifier le théâtre au nom de la connaissance et de la morale. Un tel système de défense ne fait alors qu'*autoriser* aux yeux de ses éventuels détracteurs, et par des arguments susceptibles de les convaincre, le but avoué que tous, auteurs dramatiques et public, assignent sans problèmes particuliers au théâtre : toucher le spectateur, lui faire éprouver de multiples émotions (allant de l'effusion enthousiaste aux larmes de compassion). En accord avec eux, la rhétorique des passions, qui s'affirme et tend à prévaloir dans la seconde moitié du XVIIe siècle pour répondre à cet impératif, relègue au second plan les analyses liées au contexte représentationnel et envisage le théâtre non plus en fonction d'une défense au nom du bien et du vrai, mais en relation avec le spectateur, dans le souci premier d'une efficacité.

A la recherche des passions

1) Se met en place au cours du XVIIe siècle une poétique des larmes pour le genre tragique, dont le but avoué est désormais moins la terreur et la pitié que l'inquiétude et la compassion [13] : les lignes de force de cette stratégie d'auteur privilégient certains caractères, hérités d'Aristote (dramaturgie de l'innocence persécutée ou de la culpabilité involontaire dans un milieu aristocratique), un registre de style (le style noble, propre à susciter l'estime) et un type d'histoire (par exemple, on préférera donner à une tragédie un dénouement malheureux, plus efficace). Comme le résume fort bien Saint-Évremond :

> J'aime à voir plaindre l'infortune d'un grand homme malheureux; j'aime qu'il s'attire de la compassion, et qu'il se rende quelquefois maître de nos larmes; mais je veux que ces larmes tendres et généreuses regardent ensemble ses malheurs et ses vertus; et qu'avec le triste sentiment de la pitié, nous ayons celui d'une admiration animée, qui fasse naître en notre âme comme un amoureux désir de l'imiter [14].

Après les recommandations, les mises en garde, tout aussi attendues : il faut éviter les excès – le *pathos* refroidit, les « douceurs » nuisent à la grandeur du tragique et font sombrer nombre d'opéras, en particulier, dans le mélodramatique [15]. Seul l'effet recherché (les larmes) préside à ces choix, d'où parfois un certain flottement terminologique : tragique et pathétique deviennent deux catégories interchangeables, caractérisant une réaction et dépassant les limites du poétique (par analogie, elles s'appliquent autant à des spectacles naturels qu'à des représentations picturales, etc.). Autre conséquence : la spécification strictement poétique des genres destinés à émouvoir passe au second plan – un genre nouveau comme l'opéra ne suscite aucune législation poétique d'envergure.

La promotion des larmes et le privilège accordé au troisième impératif rhétorique (émouvoir) s'effectuent dans un contexte plus général où est promue une rhétorique des passions qui, selon le programme de Bernard Lamy [16], pense que les meilleures figures (du point de vue des effets) ne sont pas toujours le fruit d'un calcul, mais bien plus simplement des passions qui animent l'auteur. Appliqué au domaine du tragique, c'est alors le thème du « don des larmes » :

> Vous allez [au théâtre] pour vous réjouir, écrit La Fontaine, et vous y trouvez un homme qui pleure auprès d'un autre homme, et cet autre auprès d'un autre, et tous ensemble avec la comédienne qui représente Andromaque, et la comédienne avec le poète : c'est une chaîne de gens qui pleurent [17].

Clin d'œil à la Renaissance que cette traduction en données lacrymales du néo-platonisme : la transmission des larmes – du poète à l'acteur *via* son texte, et de l'acteur au public *via* son jeu – devient une version sentimentale de la chaîne néo-platonicienne de l'inspiration.

2) A la recherche des larmes par l'auteur correspond une demande insistante des larmes émanant d'un certain type de public (les femmes, les jeunes blondins, les gens de Cour). La valorisation des larmes est un des aspects du retour en force de la sensibilité qui commence au milieu du XVIIe siècle : si La Bruyère déplore que certains aient encore honte à cette époque de leurs larmes et répugnent à se laisser duper par l'illusion mimétique [18], pleurer devient peu à peu l'objet d'une véritable revendication. Pour les Mondains, les larmes ne sont plus la marque d'un esprit romanesque ou d'une féminité, mais la preuve d'une sensibilité – les témoignages sur ce point abondent :

> Je l'ai trouvée fort belle, écrit Villiers à un correspondant au sujet d'une tragédie, et même je n'ai pas honte de dire que je n'ai pas pu m'empêcher de pleurer une fois ou deux en la voyant. Pour peu que vous ayez le cœur tendre, vous aurez pleuré aussi bien que moi [19].

« [...] On pleure enfin pour éviter la honte de ne pleurer point » : clausule célèbre de la maxime 233, où La Rochefoucauld, dans un mouvement de réversion qui lui est cher, n'hésite pas à reporter le motif de la honte sur l'absence de larmes, après avoir passé en revue les diverses raisons qui motivent le recours à ce registre d'expression. Si pleurer est un rôle à fonctions multiples, le spectateur d'une tragédie attend de pouvoir remplir/jouer ce rôle qui lui revient de droit :

> Les auditeurs veulent ou aimer, ou haïr, ou plaindre quelqu'un, et si l'on ne trouve moyen de les attacher, de leur faire prendre parti dans une pièce, et de leur faire pour ainsi dire jouer en eux-mêmes un rôle muet qui les occupe, qui les rend attentifs [...], il est bien difficile qu'une pièce réussisse [20].

L'enjeu de ce rôle laissé au spectateur est double : pour l'auteur, s'y décide le succès ou l'échec de sa pièce ; la valeur des spectacles tragiques repose d'abord – et peut-être, si l'on en croit Racine, exclusivement – sur leur capacité à faire pleurer : « Je ne puis croire, écrit Racine dans sa préface à *Bérénice*, que le public me sache mauvais gré de lui avoir donné une tragédie qui a été honorée de tant de larmes » ; citons encore ces propos sans conteste possible de La Mesnardière : « et j'estime avec Aristote qu'un ouvrage est imparfait lorsqu'[...]il n'excite pas les passions dans l'esprit de ses auditeurs, et qu'il ne les agite point jusques à les faire trembler, ou à leur arracher des larmes [21] ».

Le spectateur, quant à lui, y rencontrera le plaisir ; ces larmes-là sont en effet le signe d'un véritable intérêt pris à la pièce : « Non, ce n'est pas toujours de tristesse que l'on pleure : il entre bien des sortes de sentiments dans la composition des larmes », avoue Mme de Sévigné [22]. Nées d'un soulagement heureux ou de la compassion, les larmes « plaisent » dans le sens où elles agréent au spectateur, où elles répondent à ses vœux ; le plaisir des larmes n'a rien de paradoxal ; dans la formulation même, il signifie agréer en touchant.

C'est ainsi qu'en contexte mondain, comme dans la rhétorique des passions, l'accent est mis sur la valorisation de la passion (à la fois dans la création et à la réception) sans se soucier outre mesure des condamnations philosophiques ou morales émises à l'encontre des larmes, et sans subordonner la raison du plaisir à la doctrine générale des perceptions de l'homme.

Si pour les Mondains et les auteurs l'émotion est l'agrément du monde le plus naturel, les analystes des passions de l'âme vont y trouver une situation passionnelle contradictoire, qu'il s'agira pour eux de traiter, par rapport au jeu des facultés, comme type particulier de perception – en renforçant alors le schéma représentationnel qui préside aux réflexions sur l'art et sur l'esprit humain.

Le plaisir des larmes, ou le paradoxe du spectateur

Un paradoxe – « oxymore » en rhétorique – est une conjonction des contraires, une impossibilité logique aisée à résoudre, par différenciation des niveaux : il suffit de montrer qu'un des termes se rapporte à un premier niveau d'analyse, et l'autre, à un second. La naissance d'un paradoxe se produit donc en contexte analytique et occasionne un raffinement des catégories qui servent à l'analyse. En tant qu'émotions mêlées, le plaisir des larmes va d'abord résister aux analyses de type causal consacrées à l'étude des passions (à une cause doit correspondre une seule passion, et non deux passions contradictoires), prenant ainsi les allures d'un paradoxe qui sera ensuite résolu par distinction de deux causes distinctes pour chacune des deux émotions. Trois traités d'inspiration et d'époque différentes nous permettront de mieux saisir le traitement du plaisir esthétique dans ce qu'il peut offrir de philosophiquement contradictoire à une tradition de pensée analytique : le traité des *Passions de l'âme* de Descartes (1649), enquête psycho-physiologique sur les passions, qui servira de point de référence aux réflexions ultérieures sur les sentiments suscités par les spectacles pathétiques ; un ouvrage apparenté par sa démarche à la critique littéraire et consacré à un parallèle entre les beaux-arts au XVIIIe siècle : les *Réflexions critiques sur la poésie et sur la peinture* de l'abbé Du Bos, qui reprend en ouverture le paradoxe cartésien, mais qui propose par ailleurs une réflexion beaucoup plus originale, sur laquelle nous reviendrons ultérieurement; enfin, la *Critique de la faculté de juger*, dont une relecture attentive permet de suivre la reprise et la marginalisation de ce thème dans la mise en place de l'esthétique [23].

C'est ainsi que, chez Descartes, plaisir et tristesse ressentis à une représentation théâtrale ou à la lecture d'aventures tragiques ne sont pas reportés à la même origine : la tristesse est une passion venant à l'âme par l'entremise des nerfs (la réception du spectacle tragique), et le plaisir, une émotion ayant l'âme seule pour cause (émotion intellectuelle consécutive que l'âme éprouve à s'apercevoir qu'elle ressent une passion) :

> [Les] émotions intérieures [...] ne sont excitées dans l'âme que par l'âme même; en quoi elles diffèrent de ces passions, qui dépendent toujours de quelque mouvement des esprits. Et bien que ces émotions de l'âme soient souvent jointes avec les passions qui leur sont semblables, elles peuvent souvent aussi se rencontrer avec d'autres, et même naître de celles qui leur sont contraires. Par exemple, [...] lorsque nous lisons des aventures étranges dans un livre, ou que nous les voyons représenter sur un théâtre, cela excite quelquefois en nous la tristesse, quelquefois la joie, ou l'amour, ou la haine, et généralement toutes les passions, selon la diversité des objets qui s'offrent à notre imagination; mais avec cela nous avons du plaisir, de les sentir exciter en nous, et ce plaisir est une joie intellectuelle qui peut aussi bien naître de la tristesse que de toutes les autres passions [24].

Cas extrême qui nécessite une double hypothèse sur l'origine des passions et qui en prouve le bien-fondé, le plaisir des larmes à l'occasion de la lecture ou d'un spectacle revient ainsi à plusieurs reprises dans le texte de Descartes pour affiner et renforcer son système général d'explication causale.

Du Bos, quant à lui, reprend, en ouverture de son ouvrage en trois volumes, la tradition analytique qui voit dans le plaisir des larmes un paradoxe à résoudre :

> On éprouve tous les jours que les vers et les tableaux causent un plaisir sensible; mais il n'en est pas moins difficile d'expliquer en quoi consiste ce plaisir qui ressemble souvent à l'affliction, et dont les symptômes sont quelquefois les mêmes que ceux de la plus vive douleur. L'art de la poésie et l'art de la peinture ne sont jamais plus applaudis que lorsqu'ils ont réussi à nous affliger. J'ose entreprendre d'éclaircir ce paradoxe [25].

Dans sa virulence paradoxale, le plaisir des larmes y devient emblématique du plaisir que l'art procure, et permet alors d'introduire les conceptions idéologiques générales – le cadre « esthétique », pour reprendre un terme encore anachronique – qui fondent les propositions poétiques et critiques exposées ensuite. C'est ainsi que deux niveaux sont distingués : un cadre général existentiel, où deux forces s'affrontent – l'ennui et la distraction (terme qui, chez Du Bos, est confondu avec l'intérêt et le plaisir) ; et le niveau particulier des passions (à côté des autres occupations de l'esprit telles que les pensées, etc.), parmi lesquelles se trouve la tristesse : « l'un des grands besoins de l'homme est d'avoir l'esprit occupé. [...] Les hommes craignent encore plus l'ennui qui suit l'inaction, et ils trouvent [...] dans l'ivresse des passions une émotion qui les tient occupés [26] ». A ce régime-là, les spectacles atroces (combats de gladiateurs, exécutions publiques...) sont d'autant plus prisés qu'ils arrachent plus de larmes et bouleversent plus l'esprit !

A son tour, Kant reprend un thème voisin : le plaisir né d'un déplaisir, dont il étudie le fonctionnement dans l'analytique du sublime : « [...] l'objet est perçu comme étant sublime, non sans que cela s'accompagne d'un plaisir qui n'apparaît que par le biais d'un déplaisir [27] ». C'est la définition même du sublime, dans sa spécificité par rapport au jugement de beau, qui est en jeu à travers la juxtaposition de deux sentiments opposés, car ils révèlent l'intervention concurrente de deux facultés – l'imagination et la raison – qui préviennent tout paradoxe. Premier niveau où apparaît le déplaisir : celui de l'esthétique proprement dite, c'est-à-dire du rapport d'une représentation au sujet – on s'imagine écrasé devant la force d'un spectacle sublime ; second niveau : celui de la raison, de la moralité, qui procure un plaisir infiniment supérieur – on aperçoit en nous la présence d'une supériorité d'ordre supra-sensible, la supériorité de notre humanité, ou, pour reprendre les termes de Kant :

> Le surplomb audacieux de rochers menaçants, des nuées orageuses s'amoncelant dans le ciel et s'avançant parcourues d'éclairs et de fracas, des volcans dans toute leur violence destructrice, des ouragans semant la désolation, l'océan sans limites soulevé en tempête, la chute vertigineuse d'un fleuve puissant, etc., réduisent notre faculté de résistance à une petitesse insignifiante comparée à leur force. Mais leur *spectacle* n'en devient que plus attirant dès qu'il est plus effrayant, à la seule condition que nous soyons en sécurité ; et c'est volontiers que nous appelons sublimes ces phénomènes, car ils élèvent les forces de l'âme au-delà de leur niveau habituel et nous font découvrir en nous une faculté de résistance d'une tout autre sorte qui nous donne le courage de nous mesurer à l'apparente toute-puissance de la nature [28].

Si le « cas » du plaisir né d'un déplaisir amène là aussi à une complication du système, par la mise en place d'une grande ligne de partage dans l'esthétique kantienne et l'articulation de l'esthétique sur la moralité, il est à noter l'intervention massive d'exemples empruntés soit à la nature – comme ici –, soit à la lecture ou à la peinture et, plus généralement, à ce qui relève du spectacle, dans un style sensiblement moins rigoureux et presque périodique, auquel Kant n'avait pas habitué son lecteur dans l'analytique du beau.

Dans tous les cas, la condition *sine qua non* pour que du déplaisir naisse un plaisir intellectuel, réflexif, est le caractère fictif de la situation porteuse d'effroi et de pitié, ou simplement l'état de retrait et de sécurité dans lequel se trouve le sujet – d'où l'importance de la dimension spectaculaire attachée à ces objets. Le plaisir des larmes à la représentation tragique est alors l'occasion d'une réflexion sur l'intérêt de la *mimesis* dans ce type de réaction esthétique, non comme reproduction fidèle, mais bien comme présentation d'un pur simulacre.

Au chapitre IV de la *Poétique*, Aristote mettait déjà en avant la différence de réaction entre la « réalité » et la « représentation » :

> [...] nous avons du plaisir à regarder les images les plus soignées des choses dont la vue nous est pénible dans la réalité, par exemple les formes d'animaux parfaitement ignobles ou de cadavres [29].

Chez Descartes, l'accent est reporté du côté du sujet, à travers le thème de l'inoffensif :

> [...] on prend naturellement du plaisir à se sentir émouvoir à toutes sortes de passions, même à la tristesse et à la haine, lorsque ces passions ne sont causées que par les aventures étranges qu'on voit représenter sur un théâtre, ou par d'autres pareils sujets, qui, ne pouvant nous nuire en aucune façon, semblent chatouiller notre âme en la touchant [30].

Enfin, Kant insiste à la fois sur le rôle primordial de la sûreté et, implicitement, sur le caractère spectaculaire du naturel sublime :

> Celui qui a peur ne peut porter aucun jugement sur le sublime de la nature, pas plus que ne peut juger le beau celui qui est la proie de son penchant ou qui est dominé par un appétit. Il fuira le spectacle d'un objet qui lui inspire de l'effroi, et il est impossible de trouver satisfaction dans une terreur réellement ressentie [31].

Outre la distinction récurrente entre « réel » et représenté que l'on retrouve dans ces propos, Kant privilégie presque à son insu le spectaculaire : la nature n'accède en fait au sublime qu'en tant qu'elle est déréalisée, figée en spectacles le plus souvent imaginaires, figurés à partir de reproductions ou d'œuvres d'art; bref, à partir des représentations qu'offrent le théâtre, les tableaux et les poèmes des Anciens, ou que l'imagination se donne du réel – comment, sinon, envisager une situation où un individu pourrait *en toute sécurité* apprécier le sublime d'une tempête?

Ces analyses développées pour résoudre le paradoxe du spectateur sont ainsi amenées à instaurer une différence de nature entre réel et fiction et à faire de l'émotion ressentie à un spectacle d'effroi un type très particulier de perception, de réaction « à double détente », d'abord à un niveau sensible, puis à un niveau plus intellectuel : c'est là une vision pour le moins réductionniste du plaisir des larmes associé au tragique.

L'analytique de la perception et ses limites

Les analyses menées par Descartes et Kant sur le plaisir des larmes aboutissent, ce me semble, à un phénomène de réduction et, par là même, à un ensemble de résidus – qui, de droit, pourraient intéresser une esthétique. D'un côté, le plaisir né d'un déplaisir est réduit aux passions qui entrent dans le cadre représentationnel, c'est-à-dire qui se définissent à la fois par une origine précise (le réel, causant *via* les sens une peine) et par une fin précise (l'émotion réflexive de l'âme ou de la raison qui accompagne la passion première). De l'autre côté, sont à la fois envisagées et laissées pour compte les passions « sans origine » discernable (même si elles ont partie liée avec la réception d'œuvres d'art) et les passions procurées directement par les œuvres, mais sans finalité intellectuelle, réflexive ou morale. Le cadre représentationnel et l'échelle des perceptions qui lui est liée s'avèrent ainsi à la fois assez féconds pour distinguer de telles réactions et trop étroits pour leur faire un sort honorable.

Cette tendance à l'exclusion caractérise l'analyse kantienne, le fait est connu. Si l'appareil conceptuel et la maîtrise systématique du raisonnement lui ont permis d'enrichir et de nuancer considérablement l'éventail des réactions liées à la perception d'un objet plaisant, Kant réduit cependant le plaisir proprement esthétique (du beau ou du sublime) à une forme de maîtrise sur (et contre) le sensible. Pour le beau, la maîtrise se fait par abstraction de la « réalité » de l'objet ; le sujet ne s'attache pas à l'existence de l'objet, mais à l'objet en tant qu'il est représenté, perçu comme forme. C'est le thème du désintérêt, qui joue dans l'esthétique du beau le même rôle que le thème du spectacle dans l'esthétique du sublime, à savoir couper les liens entre l'homme et le « réel » – ou encore mettre, pendant cette expérience, l'homme hors du réel : il suffit de rappeler la célèbre définition initiale de l'esthétique en général, qui insiste moins sur la dimension sensible que suggère l'étymologie que sur la mise entre parenthèses de l'objet.

> Ce qui est seulement subjectif dans la représentation d'un objet, c'est-à-dire ce qui constitue sa relation au sujet, et non pas à l'objet, est sa constitution esthétique [32].

Le jugement esthétique se retrouve focalisé sur le jeu des facultés, le principe le régissant étant le principe de finalité formelle (sur le mode du *comme si*) : il naît du plaisir qu'il y a à imaginer que l'objet beau ou sublime a été conçu dans un but humain, à savoir favoriser l'accord des facultés entre elles. Comme jugement, le jugement esthétique pose une catégorie ou un usage d'objets *comme s'ils* étaient le reflet de l'esprit humain.

Grâce à la mise en place de ces distinctions pointues, mais en raison de la double réduction du plaisir esthétique à une représentation purement formelle et obéissant à un principe de finalité sans fin (imaginaire), Kant dresse alors la liste des émotions artistiques jusqu'alors confondues, que son appareil d'analyse perfectionné parvient à isoler, mais les exclut de l'esthétique telle qu'il l'a étroitement définie :

1) Marginalisation des émotions qui ne naissent pas d'une finalité, d'un accord formel des facultés : imaginer pour imaginer (et non dans la perspective d'un accord pour l'entendement), se faire des émotions fortes pour elles-mêmes (et non dans la perspective de l'essor de la moralité) ; il s'agit dans le premier cas des « fictions de la fantaisie », rêveries auxquelles se livre l'imagination à la réception d'un spectacle – ce sera là par exemple le plaisir propre à la musique, selon Stendhal –, et dans le second cas des passions suscitées par les histoires et les spectacles pathétiques ou tragiques [33] : Kant n'y voit aucune *catharsis* des émotions (vers ce qui serait pour lui la moralité) ; ne conduisant pas à l'accord des facultés seul à l'origine du plaisir dans la définition initiale, ces émotions sont alors détachées d'un quelconque plaisir : l'une est qualifiée de « jeu », non dépourvu de « charme » ; l'autre chasse l'ennui, comme un pur divertissement.

2) Marginalisation des émotions qui, certes, contiennent une part de plaisir, mais qui naissent sans faire abstraction du réel : Kant exclut l'agréable et le bon du système du beau (or, les réactions de lecture mêlent étroitement les systèmes de valeurs) et ridiculise, dans une position bien classique, ceux qui accordent une réalité aux fictions, qui compatissent et pleurent aux aventures des héros [34]. Nous ramenant du côté des passions liées à la relation au monde, ces situations échappent à la définition de l'esthétique proprement dite.

Le jugement esthétique apparaît ainsi comme un jugement exclusif des autres et réservé à ceux qui ont la possibilité de s'abstraire du réel. Une éthique de l'esthète se dessine, comme homme libre et supérieur : le plaisir esthétique est figuré sous deux paradigmes – la satisfaction « sévère et dépouillée » pour le beau, qui implique un héroïsme ascétique contre le réel, et, en ce qui concerne le sublime, la confrontation surhumaine de l'homme contre la nature, qui promeut un héroïsme proprement métaphysique. Bilan très lourd : Kant refuse un statut esthétique à cinq types de réactions qu'il reconnaît possibles à la réception des œuvres – aimer rêver, aimer s'émouvoir, avoir les sens charmés, apprécier d'un point de vue moral, et se laisser prendre à l'illusion mimétique –, parce qu'elles n'entrent pas dans un système qui définit les réactions en fonction d'un rapport précis au monde et aux facultés.

Il en va de même dans l'analyse cartésienne des passions : la typologie proposée est explicitement ordonnée par l'objet extérieur qui en est la cause et qui détermine une réaction positive ou négative selon qu'il est jugé utile ou nuisible. Le cadre général est bien celui de l'âme comme reflet du monde. Ce n'est alors pas sans une certaine gêne que Descartes reconnaît lui aussi l'existence de passions hors système, que l'on ne saurait expliquer par une relation d'utilité ni même par une quelconque cause extérieure :

– Tout d'abord, celle que Descartes nomme la première d'entre les passions, l'admiration, proche de ce que nous appelons l'étonnement ou la surprise et qui, positive ou négative, estime ou mépris, se retrouve souvent dans les jugements esthétiques prononcés sur les auteurs de ce temps, ne dépend pas du jugement d'utilité qu'il vient de présenter comme le fondement des passions :

> [...] les objets qui meuvent les sens n'excitent pas en nous diverses passions à raison de toutes les diversités qui sont en eux, mais seulement à raison des diverses façons qu'ils nous peuvent nuire ou profiter, ou bien en général être importants; l'usage de toutes les passions consiste *en cela seul* qu'elles disposent l'âme à vouloir les choses que la nature dicte nous être utiles, et à persister en cette volonté. [...] Lorsque la première rencontre de quelque objet nous surprend, et que nous le jugeons être nouveau, [...] cela fait que nous l'admirons et en sommes étonnés. Et parce que cela peut arriver avant que nous connaissions aucunement si cet objet nous est convenable, ou s'il ne l'est pas, il me semble que l'admiration est la première de toutes les passions [35].

– La tristesse, quant à elle, dès qu'elle provient par exemple de lectures, semble sans cause déterminable, ou dotée d'une cause imaginaire : hors système, encore une fois, mais dans la mesure où l'origine reste indéfinie.

– Le plaisir, enfin, subit un double traitement : passion quand sa cause est identifiable, il devient émotion lorsqu'il est consécutif aux larmes et à l'illusion tragique, et est ainsi rejeté hors de la typologie des passions.

Dès lors que les réactions les plus fréquentes et les plus fortes à la réception d'une œuvre théâtrale, picturale ou romanesque sont quasi systématiquement marginalisées dans les systèmes d'explication où les passions sont situées par rapport à leur origine et à leur fin, comme rapport particulier au réel et mise en œuvre spécifique des facultés, on est en droit de s'interroger sur les définitions strictes de ce type d'analyse qui a prévalu à la naissance de l'esthétique et d'envisager la possibilité d'étudier ces émotions pour elles-mêmes, en dehors du cadre représentationnel qui leur refuse une légitimité, comme effets à part entière procurés par les œuvres d'art, dans une « pathétique » qui serait à la fois plus ouverte et moins normative.

Esquisse d'une pathétique de l'art

A ces démarches réductionnistes, analytiques et fondationalistes, peut être historiquement confrontée une démarche globalisante, procédant par amalgame, et à visée pratique, telle qu'elle se dessine au XVIIIe siècle – par exemple dans les propositions de Du Bos ou de Diderot –, et qui va dans le sens d'une conception pathétique de l'art. Si l'on s'attache plus particulièrement aux *Réflexions* de Du Bos, qui ont pour elles l'avantage de la longueur et de la minutie, on peut repérer les implications diverses qu'entraîne une telle vision.

Premier moment : une pathétique générale amène à privilégier l'art : si l'ennui n'est jamais mieux combattu que par les passions fortes, celles-ci causent ensuite bien des peines et des tourments que l'art sait éviter, nous dit Du Bos en réinterprétant positivement la doctrine du reflet :

> L'art [...] ne pourrait-il pas produire des objets qui excitassent en nous des passions artificielles capables de nous occuper dans le moment que nous les sentons, et incapables de nous causer dans la suite des peines réelles et des afflictions véritables? [...] La copie de l'objet doit, pour ainsi dire, exciter en nous une copie de la passion que l'objet y aurait excitée. [...] Le plaisir qu'on sent à voir les imitations que les peintres et les poètes savent faire des objets qui auraient excité en nous des passions dont la réalité nous aurait été à charge est un plaisir pur. C'est sans nous attrister réellement que la pièce de Racine fait couler des larmes de nos yeux [36].

La séparation de la passion forte et de ses conséquences négatives permet accessoirement de justifier la suspension du sens moral et de lever nos scrupules religieux à compatir aux égarements d'un pécheur.

Deuxième moment : une double réduction du pathétique volontaire, créé, à l'art, et de l'art au pathétique. Tandis que Du Bos définit le pouvoir d'émouvoir comme un talent, un art, Diderot donne une définition sentimentale de l'art, en termes de plaisir exclusivement pathétique; citons pour exemple deux passages où valeur artistique, réaction de plaisir et larmes sont associées :

> [...] lorsque j'entendis les scènes du Paysan dans *Le Faux généreux*, je dis : voilà qui plaira à toute la terre, et dans tous les temps; voilà qui fera fondre en larmes [37];

ou encore :

> Ce tableau est beau, et très beau, et malheur à celui qui peut le considérer un moment de sang-froid [38] !

Nous sommes ici aux antipodes de l'idéal esthétique kantien, tout d'ascèse et de rigueur.

A partir de là, on peut établir une hiérarchie pathétique des arts, en fonction de leurs effets – hiérarchie qui varie selon les auteurs. Prenons l'échelle proposée par Du Bos. Il y affirme la supériorité pathétique :

– de la tragédie sur la comédie (des larmes sur le rire);

– de la peinture sur la poésie (du visuel sur l'écrit);

– de l'oral sur l'écrit (du théâtre sur la lecture);

– de la tragédie sur la peinture, dans la mesure où la tragédie est conçue comme une succession de tableaux entraînant une multiplication des effets (c'est là une nouveauté que d'attribuer le mérite du théâtre à sa composante visuelle, et non à sa poétique).

S'affirme ici l'idée d'une « éloquence » générale des objets artistiques, liée non seulement à la voix, mais au corps, aux accessoires ou aux situations [39].

Troisième moment : la présence d'une définition pathétique de l'art s'effectue au détriment de :

– la morale : présentant le reproche platonicien selon lequel la tragédie expose des exemples néfastes à l'éducation morale, Du Bos ne place pas sa défense à un niveau moral, mais au nom des seuls effets, donnant ainsi une justification pathétique de l'immoralisme dans l'art; un héros stoïcien ne produirait que de l'ennui, là où le désordre des passions est toujours intéressant;

– le critère de la ressemblance : du point de vue de la *mimesis*, explique Du Bos, la comédie l'emporte, mais, du point de vue des effets, la tragédie – univers plus éloigné du nôtre, mais suscitant des passions plus fortes – mérite la première place. On en vient progressivement à l'idée tout à fait novatrice que l'imité est supérieur au réel : « Ici le copiste vaut mieux que l'original », écrit incidemment Du Bos [40]. La définition pathétique de l'art permet ainsi de sortir de la conception stricte de l'art comme représentation qui prévaut depuis l'Antiquité.

Quatrième moment : la remise en cause de l'art comme représentation. Sur ce point, Du Bos et Diderot diffèrent sensiblement; pour le premier, jamais le spectateur n'est victime d'une quelconque illusion référentielle, il a toujours conscience du caractère fictif de la représentation, condition nécessaire à son plaisir : « le spectateur y conserve son bon sens, malgré l'émotion la plus vive. C'est sans extravaguer qu'il se passionne »; la preuve en est, selon Du Bos, que le plaisir persiste là où l'illusion est impossible : à la relecture.

Lorsque Diderot évoque la contemplation d'un tableau à plusieurs reprises, son argumentation prouve exactement le contraire :

> Quand on aperçoit ce morceau, on dit : Délicieux! Si l'on s'y arrête, ou qu'on y revienne, on s'écrie . Délicieux! délicieux! Bientôt on se surprend conversant avec cette enfant [représentée sur le tableau], et la consolant [41].

L'imprégnation du spectateur par l'œuvre amène à oublier que le tableau n'est qu'une reproduction et avive une sensibilité à l'art comme présentation éloquente, pathétique, du réel même. Le tableau ou l'œuvre littéraire réussis, c'est le réel à l'état pathétique, à l'état « vrai » :

> L'art et l'artiste sont oubliés. Ce n'est plus une toile, c'est la nature, c'est une portion de l'univers qu'on a devant soi [...] tout est pathétique et vrai [42].

Poussant à l'extrême cette pathétique de l'art, Diderot réintroduit ainsi l'art dans le monde : l'art ne relève ni d'une *mimesis* ni d'une fabrication (*poiesis*), mais d'une sorte de *catharsis*, réinterprétée en pathétique. Concevoir l'art en fonction de ce dernier critère exclut toute définition réductionniste et exclusive de l'art et du plaisir du beau : il n'existe pas d'émotion spécifique réservée au domaine de l'art; la passion du beau est indistinctement un enthousiasme pour le vrai, la vertu, les héros dignes de compassion ou d'intérêt, etc. L'accent est mis sur la force d'émotion du spectateur devant l'œuvre : émotion, c'est-à-dire littéralement mise en mouvement, manifestée par la prise de parole, l'interpellation à la fois de l'œuvre et des autres, l'instauration d'un dialogue comme partage de l'enthousiasme; mais aussi défense et promotion de l'œuvre, engagement dans le monde : le spectateur se fait partisan au service de l'objet de son enthousiasme. La conception pathétique de l'art amène ainsi à insérer la réaction aux œuvres non pas dans une échelle des perceptions, mais dans le domaine de l'action, de la *praxis* [43].

La jouissance de l'art jusqu'aux larmes n'a rien d'une ascèse et ne fonde aucune parole de savoir, mais catalyse une écriture polémique, de défense et de conversion de l'autre à son propre point de vue. Si l'esthétique s'intégrait dans une philosophie du savoir, la pathétique s'écrit dans une rhétorique à visée délibérative (emporter la décision d'autrui) et placée sous le signe de l'hypotypose (« présenter » l'œuvre par la seule force des mots).

La relecture de ces diverses analyses consacrées au plaisir des larmes comme émotion valorisée à un spectacle tragique, sublime ou pathétique, a ainsi permis de mettre en lumière, à travers les perturbations locales détectées chez les deux philosophes qui sont à l'âge classique les hérauts d'une philosophie fondationaliste, les présupposés et les faiblesses des analyses qui « remontent » des passions aux rapports qui se nouent à travers elles entre l'âme et le corps, l'intériorité et le monde.

Si de tels systèmes, aussi perfectionnés, ne parviennent pas à traiter rigoureusement de cette réaction et d'autres attitudes qui lui sont apparentées comme émotions artistiques à part entière, celles-ci nous sont apparues en revanche au cœur d'un autre ensemble de considérations – rhétoriques, critiques, et théoriques – qui promeuvent une définition pathétique de l'art en fonction de sa force d'émotion, d'entraînement, sur le public. Toutes préoccupées des effets passionnels et des conséquences pratiques du plaisir du théâtre, du roman ou de la peinture, ces réflexions en arrivent à considérer l'œuvre en dehors du cadre dominant de l'art comme représentation, décalage par rapport au réel, et l'appréciation autrement qu'en termes de relation particulière de l'homme au monde.

Il semblerait ainsi qu'à côté de la position dominante qui parcourt l'histoire de l'art existe une autre tradition renaissant régulièrement (sophistique, rhétorique, pragmatisme), qui ne placerait pas en son centre la frontière entre le vrai et le faux, le lien entre l'homme et le réel, mais s'attacherait à étudier l'homme en rapport avec les autres, dans ses réactions et ses modes d'influence. L'accent mis sur la dimension pathétique de l'art en est une des versions. Qu'elle se soit affirmée *avant* l'hégémonie de l'esthétique kantienne n'est pas surprenant : plus raffinée et plus systématique, celle-ci lui ôtera, pour deux siècles, toute validité et toute raison d'être. Sa renaissance aujourd'hui est encore incertaine.

École normale supérieure

NOTES

1. Richard Rorty, *L'Homme spéculaire*, Éd. du Seuil, 1990, p. 22.
2. Voir, du même auteur, *Consequences of Pragmatism*, The Harverster Press, 1982, et *Contingency, Irony, and Solidarity*, Cambridge University Press, 1989. Pour une application du pragmatisme à l'esthétique, voir l'ouvrage cité n. 5.
3. La métaphore du miroir n'implique pas uniquement un rapport de type réflectif entre le monde et l'esprit humain, mais une telle relation relève en fait d'une position fondationaliste de l'homme par rapport au réel (le sujet pose et fonde la vérité du réel) et, par là même, de la philosophie vis-à-vis des autres disciplines (disant le vrai et/ou le bien, et faisant du savoir moral ou scientifique un critère absolu, elle contient et autorise tous les discours) – position fondationaliste qui est la cible de la critique rortienne de la philosophie.
4. Platon, *La République*, trad. A. Bastien, Garnier Frères, livre dixième, p. 409-410.
5. Voir Richard Shusterman, *Pragmatist Aesthetics – Living Beauty – Rethinking Art*, Blackwell, 1992 ; trad. fr. *L'Art à l'état vif. La philosophie pragmatiste et la culture populaire*, Éd. de Minuit, 1992, chap. 2.
6. *Op. cit.*, p. 411.
7. Aristote, *La Poétique*, trad. Jean Lallot et R. Dupont-Roc, Éd. du Seuil, 1980, chap. 6, 49 b 24, p. 53 ; et chap. 14, 53 b 11, p. 81.
8. Voir la note 3 de l'édition citée, p. 188, « La *Katharsis* : essai d'interprétation ».

9. Voir par exemple Nicole, *Traité de la Comédie*, G. Couton (éd.), PUF, 1961.

10. Contrairement à Aristote, qui privilégie dans sa *Poëtique* le travail de l'histoire sur les autres éléments, le XVIIe siècle, dans un souci affiché de connaissance, relit les tragédies comme exploration des passions humaines : « Ainsi, rien ne les détournait, affirme Saint-Évremond des tragiques grecs, d'étudier la nature humaine, de s'appliquer à la connaissance des vices et des vertus, des inclinations et des génies. C'est par là qu'ils ont appris à former si bien les caractères, qu'on n'en saurait désirer de plus juste » (*Critique littéraire*, Bossard [éd.], 1921, « Sur les tragédies », p. 131).

11. *Ibid.*, « De la tragédie ancienne et moderne », p. 111.

12. Voir en particulier Du Bos, qui se rallie à cette interprétation de la *catharsis*, où COD et COI sont confondus; purger *les* passions = purger (l'âme) *des* passions : « Il suffit de bien connaître les passions violentes, pour désirer sérieusement de n'y jamais être assujetti [...]. Or les poésies nous en font connaître les symptômes. Voilà pourquoi l'on a dit de tous les temps que la tragédie purgeait des passions » (*Réflexions critiques sur la poésie et sur la peinture* [1re éd. 1719], Pissot, 1770, section XLIV, p. 457-458).

13. Voir J.-J. Roubine, « La stratégie des larmes au XVIIe siècle », *Littérature*, février 1973, p. 56-73. Comme son titre l'indique, cet article s'attache à relever les procédés et les préférences esthétiques conseillés aux dramaturges pour répondre à la jouissance des larmes cultivée par le public mondain dans la seconde moitié du XVIIe siècle.

14. *Op. cit.*, p. 114.

15. Voir, entre autres exemples, ces deux passages, empruntés l'un à Du Bos, l'autre à Saint-Évremond, et qui cristallisent les acquis d'un demi-siècle de poétique tragique : « [...] le tragique outré devient froid, et l'on est plus porté à rire d'un poète qui croit devenir pathétique, à force de verser du sang, qu'à pleurer à sa pièce » (Du Bos, *op. cit.*, p. 104). « Il nous faut souffrir aussi le reproche [...] de passer dans l'autre extrémité, quand nous admirons [...] des tragédies par de petites douceurs qui ne font pas une impression assez forte sur les esprits. [...] En effet, ce qui doit être tendre n'est souvent que doux; ce qui doit former la pitié fait à peine la tendresse; l'émotion tient lieu de saisissement, l'étonnement, de l'horreur » (Saint-Évremond, *op. cit.*, « Sur la tragédie », p. 134). C'est d'ailleurs au nom de l'effet que l'utilisation de l'intrigue amoureuse est mise en question dans la poétique du genre tragique : trop mièvre, pas assez forte.

16. Voir Bernard Lamy, *La Rhétorique ou l'Art de parler* (4e éd. Paris, 1701), Sussex Reprints, 1969.

17. La Fontaine, *Les Amours de Psyché et de Cupidon* (1669), cité par Roubine, p. 66.

18. « D'où vient que l'on rit si librement au théâtre, et que l'on a honte d'y pleurer? Est-il moins dans la nature de s'attendrir sur le pitoyable que d'éclater sur le ridicule? [...] Est-ce une peine que l'on sent à laisser voir que l'on est tendre, et à marquer quelque faiblesse, surtout en un sujet faux, et dont il semble que l'on soit la dupe? » (*Les Caractères*, « Des ouvrages de l'esprit », 50).

19. Villiers, *Entretien sur les tragédies de ce temps* (1675), cité par Roubine, art. cité, p. 71.

20. Donneau de Visé, *Critique de Sophonisbe* (1663), cité par Roubine, art. cité, p. 69.

21. La Mesnardière, *Poëtique*, chap. IV, cité par Roubine, art. cité, p. 69.

22. Mme de Sévigné, *Correspondance* (11 septembre 1680), cité par Roubine, art. cité, p. 70.

23. Descartes, *Les Passions de l'âme*, Gallimard, « Tel », 1988; Du Bos, *op. cit.*; Kant, *Critique de la faculté de juger*, Gallimard, « Folio », 1985.

24. *Op. cit.*, ART., 147, p. 241-242.

25. *Op. cit.*, p. 1.

26. *Ibid.*, p. 10.

27. *Op. cit.*, I, 27, p. 202.

28. *Ibid.*, I, 28, p. 203. C'est moi qui souligne.

29. *Op. cit.*, 48, B9, p. 43.

30. *Op. cit.*, ART., 21, p. 210.

31. *Op. cit.*, I, 28, p. 203.

32. *Ibid.*, Introduction, VII, p. 117.

33. Premier cas : « [les] fictions de sa fantaisie, c'est-à-dire [les] visions proprement imaginaires auxquelles s'occupe l'esprit tandis qu'il est continûment tenu en éveil par la diversité qui frappe son regard; ainsi en est-il, par exemple, du spectacle des figures changeantes d'un feu dans l'âtre ou d'un ruisseau qui court, et, si ce ne sont point là des beautés, à tout le moins ces spectacles comportent-ils un charme pour l'imagination car ils en entretiennent le libre jeu » (*ibid.*, I, 22, p. 180).

Deuxième cas : « Mais même de tumultueux mouvements de l'âme ne peuvent en aucun cas revendiquer l'honneur d'une présentation d'ordre sublime, s'ils ne provoquent pas un état d'âme qui influence, même si ce n'est qu'indirectement, la conscience qu'elle a de ses forces [...]. Sans cela, toutes ces émotions ne ressortiraient qu'à la simple gymnastique que l'on apprécie pour ses effets bénéfiques sur la santé. [...] Beaucoup se croient édifiés par un sermon où pourtant rien n'est construit (aucun système de bonnes maximes), ou bien, rendus meilleurs, grâce à un drame, alors qu'ils sont contents d'avoir chassé l'ennui d'heureuse manière » (*ibid.*, I, 29, p. 219).

34. « Une douleur compatissante à laquelle nous nous abandonnons volontairement, lorsqu'elle résulte d'un mal imaginaire, jusqu'à nous laisser abuser par l'imagination et le croire réel, révèle une âme douce, mais témoigne en même temps de la faiblesse de cette âme. Des romans, des spectacles larmoyants, d'insipides préceptes moraux, flétrissent en fait le cœur, le rendent incapable du moindre respect pour ce qu'il y a d'humain en notre personne. Rien de tout cela ne s'accorde avec ce qui pourrait être porté au compte de la beauté, encore moins avec ce qui ressortirait à un état d'âme sublime » (*ibid.*, I, 29, p. 218).

35. *Op. cit.*, ART., 52-53, p. 189-190. C'est moi qui souligne.

36. *Op. cit.*, p. 25-29.

37. Diderot, *Œuvres esthétiques*, Classiques Garnier, 1959, « De la poésie dramatique », p. 193.

38. *Ibid.*, « Salon de 1763 », p. 528.

39. « Comme l'éloquence du corps ne persuade pas moins que celle des paroles; les gestes aident infiniment la voix à faire son impression » (Du Bos, *op. cit.*, p. 434); voir aussi Diderot au sujet d'un tableau de Greuze : « lorsque je vis ce vieillard éloquent et pathétique, je sentis [...] mon âme s'attendrir » (*op. cit.*, p. 524-525).

40. *Op. cit.*, p. 51.

41. *Op. cit.*, « Salon de 1765 », p. 533.

42. *Op. cit.*, « Salon de 1761 », p. 519; « Essais sur la peinture », p. 687.

43. Même si une telle conception de l'expérience esthétique s'oppose à l'affirmation d'un dogmatisme fondationaliste s'appuyant sur la certitude de la vérité, et ouvre un espace dialogique, elle n'aboutit pas nécessairement au dialogisme désinvolte et désengagé qu'envisage Rorty sous la forme d'une jonglerie esthète avec les positions contradictoires considérées, et dont il semble vouloir faire un idéal éthique susceptible de remplacer la prétention désuète du philosophe à tenir un discours magistral; non seulement tout *ethos* ironique est au contraire lui-même le plus souvent sous-tendu par un *pathos*, une passion ardente, un désir d'engagement qui n'ose ou ne peut se soutenir, mais si la réaction esthétique est avec raison détachée d'un rapport de savoir, il est juste et peut-être fructueux de la replacer alors sur un autre plan : celui de la pratique. Voir Richard Rorty, *Contingency, Irony, and Solidarity*, *op. cit.*, et Richard Shusterman, *op. cit.*, le chapitre intitulé « L'Éthique post-moderne et l'art de vivre ».

Poétique XXII, 1991

Index

LE DIRECTEUR GÉRANT : MICHEL CHARLES
COMPOSITION : FIRMIN-DIDOT AU MESNIL
IMPRESSION : HÉRISSEY À ÉVREUX
DÉPÔT LÉGAL : NOVEMBRE 1991 – N° 14064 (18642)
ISBN 2-02-014064-0 – *Numéro de la commission paritaire :* 57274